Guy de Pernon

MER INTÉRIEURE

Proèmes

2019

À Mireille

ÉLÉMENTS

AIR

Oiseau, cri pointu rêche emporté par une orbe, écume proje-
tée de quelque roc revêche et que la pesanteur, un long moment
oublie, flèche de quel Zénon, dont la cible s'enfuit en spirale infinie, lors que résonne encore, et vibre, ce long cordeau tendu à
deux horizons durs, Goéland, goémon, si lent à s'émouvoir, par
toi le ciel aveugle un instant se désigne, diamant du bec crissant
sur ce verre une trace, tu dévides la ligne où l'équation s'annule,
dérivée de la mer et du vent, oscillant, basculant, chutant abrup-
tement, dans le fracas ténu d'un brouillon que l'on jette, sur le
sol gelé de la cour, au milieu des cris et des rires, et menacé de
galoches jalouses, on se précipitait pour le reprendre :

papier filigrané, réglure Sieyès, où cracha quelquefois la plume
Sergent-Major sur l'angoissant problème des deux trains partis
à la même heure de deux villes A et B et qui, désormais, ne se
rencontreraient jamais, formant deux ailes, et pour le durcir et
l'alourdir un peu, plusieurs fois, le bec sur lui-même plié, ainsi
que d'une fleur le cœur à peine éclos. On le « chauffait » un peu
avant de le lancer, à son haleine, geste instinctif et rite consacré,
comme si la buée qui l'imprégnait au sortir de la bouche dans ce
matin glacial et noir encore, le chargeait de quelque mystérieuse
vertu peut-être, ou lui communiquait le souvenir ascensionnel de
quelque montgolfière, oscillant, lourde et ronde, dans la fumée
qui pique la gorge et les yeux des audacieux aéronautes, sous les
vivats de la foule et dans le claquement des oriflammes, devant
les tribunes remplies de messieurs à perruque et de belles dames,
papier frêle craquant qui se déploie brodé de lettres d'or, bulle
armoriée, boule historiée, que le vent pousse vers les platanes
du Champ de Mars à grand-peine franchis, ballotte, éloigne en
hésitant...

Et Gambetta, col dur et lavallière, agite sa casquette répu-
blicaine et promet de revenir bientôt porteur de la victoire, au
grand dam des Prussiens qui croient voir s'envoler l'Alsace et la
Lorraine dans la nacelle d'osier de ce ballon qui, pendant cinq
semaines allait conduire nos héros des glaces du pôle aux tro-
piques, survolant la savane en feu et rasant la crête des vagues,
puis revient, creusant un sillon courbe à fleur même de l'eau,
remonte un peu de biais, catapulté vers le soleil par une on-
dulation imperceptible des rémiges entr'ouvertes, et la chaleur
devenait forte, et bien petit cet enchevêtrement d'allées et de
bosquets où le monstre attendait, si forte, que la cire à ses bras
mollissait, et que des plumes, déjà, si patiemment fixées, se dé-
tachaient, retombant mollement, en tournoyant sur elles-mêmes,
en une trajectoire inexorable et imprécise, qui le faisait courir
comme un fou en tous sens, les bras levés pour happer au passage ces hélices facétieuses, dont le grand platane de la cour, à
chaque rentrée, se débarrassait à regret sous le vent.

Il fallait les saisir, au vol, avant qu'elles ne touchassent terre :
la pluie avait laissé des flaques palpitantes où les fines voilures,
à coup sûr, périraient. Mais les ayant saisies, tournoyantes encore, le jeu prenait la dignité d'un art : mal lancés, trop de biais,
ou trop bas, et ces aéronefs aux allures d'autogyres iraient finir leur glissade sans gloire dans le recoin des pissotières, où
quelque destin malveillant, déjà, avait drossé leurs congénères,
et dont l'amalgame intempestif, bouchant les orifices réglemen-
taires, provoquait sur les marches de ciment les épanchements
bruns d'une tisane suspecte... Filaments flasques, parsemés de
nodules élastiques, coquilles vides, lanières fouisseuses dodelinant à chaque flux, mousses, pustules entr'ouvertes : le front
chuintant brisé par quelque cavité échappe aux platitudes où se
complaît le sable, et nourrit des chimères à l'écart du désert étri-
qué où s'affaissent, fauchés par la mitraille du soleil, des corps
pâles et flasques, lapant des restes tièdes et reniflant, renâclant,
puis se hisse et s'affale, sournois, sur les palmures brunes que
le contact émeut et qui se hâtent avec regret, d'un mouvement
scandé par le battement lourd des voilures éployées, bientôt grif-
fant la plage à peine, giflant le vide qui se creuse, et le sol glisse,
moelleux soudain, tellement lisse, et se fait loin, se rapetisse,
bascule enfin, découragé, vaincu par le soleil où se débat l'hélice

foudroyée de rayons, tant qu'on la dirait fixe, ici et là, en même temps, partout.

A trois cents pieds, rentrer les volets. Tirer un peu sur le manche, doucement, juste assez pour compenser la perte de portance, et prendre quatre-vingts noeuds, à deux mille sept cents tours. Voilà, ça va...

— Echo Victor ?

— Echo Victor, cinq.

— Altitude, position ?

— En montée, mille pieds, à la verticale du port

— OK, Gardez la fréquence.

— Echo Victor.

A mille cinq cents pieds, se mettre en palier : pousser le manche un peu, l'aiguille va grimper ; quatre-vingt-dix, c'est bon : réduire à deux mille cent – pas trop... Les mains sont un peu moites ; il fait chaud, mais surtout on est seul, seul...et si drôlement perché, si drôlement suspendu au fil invisible que sans relâche embobine l'hélice... Et en bas ? Coup d'oeil furtif à ces jouets semblables à des bateaux, ces rochers si bien imités – et même les vagues : on dirait des vraies... Ah ! voler.. Voler ! On entend le bruit, mais on ne le voit pas. Où est-il ?

Le ciel est presque blanc, et fait un peu mal aux yeux, à force. Il fait chaud, on a mis une couverture à l'ombre, devant la maison, sur l'herbe, au bord du chemin où les oies qui passent matin et soir en tirant la langue ont laissé des tas de crottes. Je ne les aime pas, elles me courent toujours après, agitant leurs grandes ailes, j'ai toujours peur qu'elles arrivent à s'envoler et me tombent dessus. Et si elles m'emportaient, là-haut, avec elles... Tout le monde crierait : regardez ! Le voilà ! Il s'est envolé !

On le voit maintenant... Il brille, il n'est pas haut, c'est un bimoteur. Il est beau. Quand je serai grand je serai aviateur. Tu crois qu'on peut ? j'avais dit à Suzette. Quand elle est rentrée à Paris, elle m'a envoyé une carte avec un bel avion comme ça. « A mon petit aviateur ». Elle est gentille, Suzette, elle comprend, elle. Elle regardait avec moi, et c'est elle qui l'a vu la première.

C'est un deux-queues, on voit des ronds bleu blanc rouge sous les ailes. C'est un français. Ou un anglais. Non. Les anglais, c'est le bleu au milieu... Comme celui que les boches ont descendu

l'année dernière. La DCA a tiré trois coups pan! pan! pan! et
on a plus rien entendu. Il s'est mis à faire des ronds bizarres, on
voyait de la fumée noire qui sortait, puis il a piqué tout droit vers
les arbres... Et les boches poussaient des grands cris! ils avaient
l'air contents... On voulait y aller tout de suite, mais papa n'a
pas voulu.

C'est seulement après qu'on a pu. C'était dans la côte de
Mâco, à droite. De loin, on voyait des arbres cassés et des brûlés,
comme par la foudre. On a posé nos vélos et on a couru...

Y avait personne. Ça ressemblait plus à un avion, y avait des
tas de morceaux un peu partout. Des tout brillants, des encore
peints en rouge blanc bleu et en kaki. Le moteur était entassé
dans la terre, on voyait même plus l'hélice...

Daniel a dit que c'était un Spitfire, mais Janine a dit que
d'abord il pouvait pas savoir puisqu'il restait rien que des morceaux. On a ramassé des douilles, des bandes de mitrailleuse très
chouettes pour jouer aux Desperados de la Sierra, des petits morceaux d'alu tout tordus, et des grands bouts de verre, du verre
qui casse pas et qui coupe pas. Papa a dit après que c'était du
plexiglace et il a fait des bagues pour Janine avec. Moi j'ai ramené une grosse boîte avec un cadran cassé et des tas de fils de
couleur derrière. Je mets ça sur une planche qui fait les ailes au-
dessus d'une caisse et je monte dedans. C'est moi qui pilote; et
Daniel, il se cache derrière la grande armoire où il y a l'horloge
de la Mairie avec le casque à pointe de la cousine Augusta, et il
me tire dessus à la mitrailleuse en me lançant les douilles. Quand
il réussit à m'avoir, je tombe, on rigole.

Mais maman a crié l'autre jour parce que les douilles sont
pas toutes éclatées qu'elle a dit, et que ça pourrait encore péter.
Pourtant on avait bien enlevé les balles au bout, et on a fait un
grand tas avec la poudre qu'on allumé un soir derrière la salle
des Fêtes. C'était bath! Mais le garde champêtre est venu, alors
on s'est sauvés. Encore j'en connais qui attachent un fil de fer
au cul de la douille et qui la jettent en l'air. Des fois, quand ça
retombe, ça fait paf! Mais moi j'aime pas trop ça, ça me fait un
peu peur, quand même.

Alors avec Daniel on les a échangées à Dudule contre des
petits avions peints en gris, tout petits mais très chouettes, avec
les roues, l'hélice, tout. Y a des Stukas comme dans "Signal",

des Messerchmites, des Foquevulfes. Y a même des Liberators comme ceux qui passent tous les soirs qu'il a dit papa, avec leurs deux queues, tellement, tellement, que ça m'empêche des fois de dormir. On les tient à la main en faisant le bruit, on se fonce dessus, on fait des loupings, on tombe comme les vrais... mais moi je saute toujours en parachute avant.

Seulement Daniel il me fait toujours prisonnier et moi j'aime pas qu'il m'attache après une poutre du grenier pour me fusiller avec sa carabine à flèches, des fois ça fait mal quand même. J'aime mieux quand on joue aux américains qui lancent des papiers d'aluminium. C'est tout brillant, on peut faire plein de trucs avec. On s'en met autour des bras et on se fait des bandeaux comme les indiens. On en a ramassé plein l'autre jour dans les bois de Pargny en allant aux pommes de sapin avec la remorque. C'était le jour où on a eu si peur parce que y avait des camions boches qui transportaient des trucs sous des bâches et des branches d'arbres, très grands, et papa a dit que c'était sûrement des V2. Et y a des chasseurs qui sont passés, des américains, les boches ont couru se mettre à plat ventre dans le fossé en criant très fort, et nous on s'est cachés aussi. Mais ils ont continué sans rien voir, heureusement. Pourtant ils étaient tout bas, on voyait les étoiles sous les ailes, on pouvait pas se tromper, mais celui-là c'est un français, pas un chasseur, un gros et je me demande où il va ? Le voilà qui penche un peu, il tourne on dirait, tranquillement, peut-être qu'il se promène ? Ça doit être bien d'être là-haut, et de faire tout ce qu'on veut, quand on a l'habitude, c'est pas difficile.

Et je sens que ça commence à venir, tout de même. Il faut faire les choses sans trop y penser, quand on est en vélo, on pédale, et ça tient tout seul. Pourtant, au début, quelle panique ! Maintenant, quand j'y suis, je regarde les baigneurs, en bas, au Km 17, et de les voir lever la tête, je suis content, je me sens bien, parfois même un peu euphorique... Un petit trois cent soixante, pour voir ? Attention à la bille ! Pas trop de pied... c'est parti !

Le manège se met en marche, tout doucement : jetée, Kasbah, port, bateaux et route se mettent à défiler et mine de rien, accélèrent... redresser un peu. Les tours ? Ça va. La bille ? Un peu tordue tout de même, comme dit toujours Botelli, quel casse-pieds celui-là ! Aujourd'hui, il est resté en bas... et l'avion est à moi tout seul !

Le pied chasse la bille. Garder le capot sur l'horizon. Comme ça. Zut, perdu encore deux cents pieds...Tirer un peu, mais rester dans les tours. Ça me rappelle l'autre jour, quand la tour m'avait dit de garder la position à cause d'un « traffic » et que je tournais en rond au-dessus du Souss... Je n'osais pas rappeler, j'entendais l'autre annoncer qu'il était en finale et je ne le voyais pas, et je trouvais le temps long ! Le bruit du moteur me soûlait, il me semblait qu'il y avait des heures que je tournais comme ça, et ce bruit, toujours, monotone, avec de lentes ondulations d'intensité, obsédant, obstiné, hypnotique...

On aurait dit que ça venait de partout à la fois. De temps en temps, entre deux nuages, on apercevait des points brillants, bien rangés, et alors la DCA tirait de partout, mais c'était pour rien. Ils étaient bien trop haut, et les petits bouts de coton blanc des explosions devenaient des nuages aussi, s'effilochaient, s'estompaient, en une ligne irrégulière de petites bulles qui, l'une après l'autre, s'évanouissaient de façon imprévisible, dessinant des mailles, des réseaux, des résilles, et que le flot suivant venait, en chuintant, tout à la fois annihiler et restaurer plus blanches, s'insinuant dans les recoins touffus, glissant rapide sur le sable saturé déjà, n'en pouvant plus, investi, délayé, noyé, et le bruit lancinant de l'essaim pourtant se prolongeait, indifférent, narquois peut-être, dédaigneux sûrement, criquets d'aluminium poli aux yeux multiples en forme de coupoles, et l'abdomen tout hérissé de dards au venin fulgurant, cherchant sans hâte quelque étendue propice à leur voracité, malgré les cris et les sirènes, malgré les pétarades, malgré les claquements brefs et les explosions lourdes, exorcisme inutile et rite dérisoire...

On essayait de les compter, mais il y en avait tant qu'on se trompait toujours, et ça finissait encore par des disputes. Des centaines, c'est sûr. Et qui toujours allaient du même côté, vers St-Charles, vers l'Allemagne, vers Nuremberg et Schweinfurt peut-être, sur le stalag où ce pauvre Dédé était depuis que le STO l'avait pris ? Il écrivait parfois et Odette nous disait que pour l'instant c'était pas trop grave, que l'usine de roulements à billes où il était avait des abris solides et qu'ils n'avaient eu qu'une ou deux alertes jusque-là.

Et puis un jour on a entendu au poste que Nuremberg avait été rasé et Dédé, on n'en a plus jamais eu de nouvelles. Odette a mis une grande photo sur le buffet et elle pleurait souvent. Mais des fois aussi c'était nous qu'ils bombardaient. J'avais peur un peu, j'aimais pas ça, surtout quand c'était la nuit....

On entendait les sirènes, on voyait les balles traçantes filer dans le ciel tout noir. Y avait des fusées aussi, qui retombaient tout doucement, et d'un seul coup la place de la Mairie était toute blanche comme de la craie, plus qu'en plein jour !... c'était beau, quand même. « Mais dépêche-toi donc ! » qu'elle m'a dit maman, « qu'est-ce que t'attends ? C'est pas le moment de bailler aux corneilles !... »

On enfilait un manteau à toute vitesse par-dessus nos pyjamas, on prenait nos sacs sur le palier et on cavalait vers l'abri. On avait tous un sac tout prêt avec les affaires qu'on aimait le mieux. Moi j'avais une petite voiture « Solido », un jeu des « Sept Familles » et une boîte avec des images dedans que j'avais eues à l'école contre des bons points. On traversait la place à toute vitesse car ça commençait à péter partout, et les bombes faisaient tout trembler. Des fois y avait des drôles de sifflements, papa disait que c'était des éclats qui passaient pas loin qu'il fallait pas rester là... Un jour on en a trouvé un gros, tout tordu, planté en plein dans la porte de la Mairie, on l'a gardé longtemps en souvenir. Mais y en avait partout. On en trouvait même quand on allait aux doryphores avec l'école, dans le champ de patates du père Moreau.

On avait tous une petite bouteille avec quelque chose de jaune au fond, un liquide qui sentait pas bon, et on jetait les bestioles dedans. Quand on les attrapait, elles faisaient le mort comme les coccinelles, elles repliaient leurs pattes, mais une fois dedans elles gigotaient longtemps, elles voulaient grimper sur les bords. Alors je secouais la bouteille pour les faire retomber, et ça faisait des petites vagues qui clapotaient et qui moussaient, remuant un peu les saletés déposées sur le sable, roulant des débris d'algues et de coquilles vides percées d'un trou net par le bec d'un oiseau vorace et pensif, fixant l'horizon pâle d'un oeil qu'on aurait dit indifférent, désabusé, puis furtivement happait quelque chose, à la limite extrême du flot qui s'essoufflait, et dépliait l'une après l'autre ses pattes raides et frêles avec une hâte calculée et croissante, déployant maintenant sa voilure cambrée dont les extrémités flexibles rasaient le sol encore à intervalles réguliers et de plus en plus délicatement, le cou tendu, le bec pointé vers le soleil, la queue de papillotes traînant encore sur le sable luisant, qui cède enfin, à regret, et s'effondre, s'enfonce un peu de biais, glisse plus vite tandis qu'il court autant qu'il peut, guettant d'un oeil inquiet le polygone de papier bruissant sur le cadre de bois, qui se cabre, s'incline, hésite, puis repart en agitant mollement derrière lui le long serpent de la ficelle qui l'enchaîne et pourtant le soutient, monte, monte encore, parmi les cris poussés et les encouragements naïfs, facétieux, indolent, mais soumis,

s'élevant par à coups au long d'une invisible pente, qu'on pourrait croire aléatoire, mais qui n'est autre, nous l'avons vu au paragraphe précédent, que la résultante des forces appliquées au centre de gravité de la surface considérée par le vent relatif (F0) et la traction exercée sur le fil (F1). Si le plan (P) est maintenu sous un angle convenable , soit 45° environ avec la direction du vent relatif, la résultante communiquera à l'ensemble du système une force ascensionnelle (F2), proportionnelle au rapport de (F0) et de(F1) selon la formule :

F2= (F0) / (F1) cos α

D'où l'on tire aisément la conclusion que pour une valeur minimale de (F0) il n'est plus nécessaire de courir, et que l'on peut se contenter de tenir la ficelle, en l'enroulant et la déroulant seulement autour de sa main gauche, de façon à la maintenir tendue, malgré les caprices du vent qui le font, de là-haut, saluer les copains, comme un malin génie docile et complaisant, géant sorti de la bouteille où il avait longtemps dormi, dans ce film qu'on avait été voir à Noël, le Noël où j'avais eu des bonbons et un jeu de petits chevaux ,

« Voilà un bien beau jouet...» dit à Petit Pierre un vieillard à barbe blanche qui passait par là, et s'était arrêté un instant, appuyé sur sa canne, pour contempler la scène. « Et comme je voudrais avoir encore ton âge, pour pouvoir jouer ainsi! »

Répondons maintenant aux questions en observant bien la gravure : — Où sont allés Petit Pierre et ses camarades ? Pourquoi ne sont-ils pas restés sur la place du village ? — Pourquoi Petit Pierre a-t-il enroulé la ficelle autour de sa main ? — A quoi voyez-vous qu'il y a du vent ? S'il n'y en avait pas, le cerf-volant de Petit Pierre volerait-il ? Pourquoi donc ?

REDACTION :
Imaginez la suite d'une histoire sur le thème suivant :

Petit Pierre est allé sur la colline en cachette de ses parents pour faire voler son cerf-volant. Mais le vent se met à souffler très fort, si fort que Petit Pierre a grand-peine à tenir la ficelle.

Et soudain... voilà Petit Pierre qui s'envole ! Ses camarades lui crient : « Reviens, Petit Pierre, reviens ! » Hélas ! Il n'y a rien à faire, le cerf-volant l'emporte, de plus en plus haut et de plus en plus vite... Le voilà au-dessus de la rivière qui déroule son ruban argenté au milieu des prés, au-dessus des maisons du village, serrées autour du clocher gris comme un troupeau autour de son berger... Il voit sa maman sur le pas de la porte qui tend les bras vers lui et qui l'appelle. Comme elle est petite ! « Maman !... Maman !... je suis là, c'est moi ! » Elle n'entend pas, elle fait des signes... on ne la voit plus. Mais Petit Pierre n'a plus peur. Il est émerveillé, et très fier. Ce sont ses camarades qui vont être jaloux quand il leur racontera ce qu'il a vu ! Il va faire le tour du monde... Seulement, comment fera-t-il pour redescendre ? Cela va si vite, et il est si haut, maintenant !... Il faudrait tout de même ralentir un peu...Voilà. Ah ! Ça va mieux. Maintenant, dix degrés de volets, pour freiner encore. Quelques secousses, par moments : un peu de turbulence, comme toujours quand on quitte la mer, mais rien de grave.

Sept cents pieds, ça va.

— Echo Victor, en vent arrière pour la vingt-neuf.

— Rappelez en courte finale.

— Echo Victor.

Virage. Mille sept cent tours. Penser à trimer.

L'avion s'enfonce, mollement. Réchauffage. Dernier virage : la piste est là, droit devant. Vite.

— Echo Victor, en courte finale.
— Vous pouvez atterrir, Echo Victor. Vent du 270, 5 noeuds.

La piste monte, monte... couper un peu, arrondir, encore, en-core... laisser venir, cabrer juste ce qu'il faut pour décrocher le plus tard possible, le plus près possible du sol qui est là, tout près, mais qu'on ne voit plus... Ça y est : les pattes tendues griffent déjà le sable, à peine, dans un dernier battement d'ailes précipité, pour annuler ce qui reste d'élan...Le choc est à peine perceptible et déjà il faut rentrer les volets, replier précaution-neusement l'une après l'autre les ailes devenues inutiles et en-combrantes...
— Echo Victor, piste claire.
— Atterrissage a vingt-huit. Vous quittez la fréquence. Au revoir.

Quelques frémissements encore, quelques pas ralentis, calme-ment, et dans un dernier hoquet de l'hélice que le vent aban-donne, l'oiseau s'arrête enfin, pieds que lèche le flot étale, bec dur pointé sur l'horizon fade, caillou du ciel repris par la lour-deur des choses et le vague du temps, oeuf noir et blanc posé, par mégarde laissé, au rivage indistinct sentinelle engourdie, im-mobile, – et méditatif.

Chaque soir, quand s'effarouche la lumière aux grimaces de l'ombre, ils viennent un à un, portés par des souffles furtifs, peu-pler de galets blancs ces déserts éphémères. Ils sont là, pèlerins attendant quel messie, pâles et résignés, se chuchotant à peine quelques bribes de vent, solennels, recueillis, désabusés peut-être et pourtant attentifs.

Et la houle incrédule aux sandales de mousse vers eux s'en vient et d'eux s'en part, avec des haussements d'épaules iro-niques, couvrant de son refrain râpeux les psalmodiements las de la foule mystique où passent, quelquefois de douloureux fris-sons et des cris extatiques,
lorsque le lourd fanal, suant, apoplectique, trempant enfin ses lèvres à la saumure offerte, allume vaguement quelque feu clignotant dans les vastes prairies livrées soudain au tournoie-ment cosmique.

Et voici : il se fit dans le ciel un silence d'une heure.

Et voici : je vis sourdre en la mer une Bête ayant dix cornes et sept têtes, et sur ses cornes dix diadèmes.

Et la bête était semblable à une panthère, et ses pattes étaient d'un ours, et sa gueule d'un lion. Et il lui fut donné une bouche qui disait de terribles blasphèmes. Mais voici : j'entendis comme une voix de foule nombreuse, comme une voix de grandes eaux,

et la bête fut attrapée et avec elle ceux qui se prosternaient devant son image furent jetés vivants dans l'étang de feu où brûle le soufre. Et tous les oiseaux se rassasièrent de leurs chairs. Et je vis, j'entendis, un aigle qui volait en rond, fixement au zénith, dire d'une voix forte, par trois fois : Malheur ! Malheur ! Malheur !

Et voici : il s'éleva très haut au-dessus du brasier, et l'on vit le soleil de nouveau prenant la place de la lune,

et quand il parvint tout en haut, à l'endroit où il fait le plus chaud, alors se prist à esgarder contre li rai ardant, si fermement que si oil plus n'i virent,

et si sembla que ses pennes ardoient, lors se laissa chaïr.

> *Et dient li plusors qu'alcune gens ce virent,*
> *comme ils allaient pêchant de leur roseau tremblant,*
> *Ou pasteurs appuyés sur leur bâton, ou laboureurs encore,*
> *Et pensaient alors voir en les airs quelque Dieu...*
> *Et mollissait la cire au soleil dévorant,*
> *et tournoyaient comme feuilles les plumes,*
> *et l'enfant ses bras nus seuls agitait encore,*
> *ô rames impuissantes, rémiges inutiles,*
> *et que l'air abandonne,*
> *livrant à l'eau l'enfant,*
> *la bouche pleine en vain d'un cri que nul n'entend.*
> *Infortuné, le père : – « Icare », disait-il,*
> *« Icare, où donc es-tu, en quel endroit te querre ? »*
> *« Icare ! » criait-il quand il vit sur les eaux,*
> *éparpillées, des plumes – comprit, et se maudit.*
> *Corpusque sepulcro condidit*
> *Il bâtit pour ce corps un sépulcre,*
> *Et tellus a nomine dicta sepulti*
> *Et cette terre porte le nom de celui qu'elle enserre,*
> *Et cette pierre marque la terre où s'abattit*

AGNO MCMXDIV,
en l'an mille neuf cent quarante quatre,

David Herbert JONES, of the Royal Air Force,
qui rentrait de mission sans radio, volant bas, on l'avait vu raser
les toits, traînant un long sillage lourd plein de flammèches et de
fumée, et ce bruit hoquetant, strident soudain, puis rien, mais
un coup sourd qui avait fait trembler tous les carreaux de la
cuisine, on avait tous couru pour voir, et ça faisait un feu tout
rouge, qui se tordait, là-bas, derrière les arbres, vers Muizon, et
des camions aux phares peints de bleu bourrés de casques qui
luisaient passaient déjà à toute vitesse sur la route dans la neige
sale, mais on voyait tout de suite plus rien par le carreau avec
la buée, seulement les fleurs que fait la glace un peu rouges et
jaunes des fois,

    Et puis des cris, des coups qu'on frappait à la porte, et il
fallait baisser le store vite, et même éteindre tout, on attendait,

    on voyait plus que le poste avec sa petite fenêtre jaune où y
avait des chiffres, qui ronronnait, et qui faisait un bruit toujours
pareil, comme celui de la moulinette que j'avais eue à Noël avec
des dominos en bois,

    des voix qui disaient des trucs qu'on comprenait pas, ou des
trucs rigolos qu'on répétait tous ensemble, comme « le bâton
du maréchal est en bakélite », celui-là je m'en rappelle, et papa
disait : « taisez-vous, bon sang ! » - et il fallait aller se coucher,
c'était toujours comme ça.

EAU

Grise était la mer.

Sale, avec de la mousse, à grandes giclées, lorsqu'il soulevait, doucement, le couvercle de la lessiveuse où gargouillait une masse agitée de soubresauts rythmés, et qu'il ne comprenait pas pourquoi, malgré les déversements continuels surgis du champignon de zinc, le niveau, pourtant, demeurait le même. Grise, et tachetée de mousse, mais froide. Avec de grands raclements inutiles, un bruit de tuyau qui se vide, et de grandes claques molles qui cliffaient [1] partout sur le linoléum, lorsqu'il frappait de ses deux mains bien à plat l'eau du baquet en riant aux éclats.

Elle aurait dû être bleue, sans doute, c'eût été plus joli, avec des nuances profondes et des scintillements aveuglants où l'horizon se dissolvait, tremblotant du fait de la chaleur, au-dessus du poêle de la chambre, émaillé vert et ventru, bouddha redouté mais paisible, en proie à une digestion pénible et continue que décelait seulement par instants le réarrangement brutal et imprévu du combustible, écroulement suivi d'une coulée rougeâtre et granuleuse virant tout doucement au noir.

La nuit, quand des terreurs aiguës le redressaient soudain, plaquant son dos moite contre l'angle du mur, cet œil rouge impassible et l'obscure clarté sanguinolente que vaguement il répandait à l'entour sur le seau à charbon et la pelle le rassuraient pourtant ; mais la chute ténue d'une escarbille dans le cendrier de tôle sonore le faisait alors sursauter tandis qu'il écoutait, hagard, se dissiper au loin le grincement diminué du pédalier mal graissé d'un cycliste attardé qui se hâtait, et il sentait sa peau se hérisser...

---

1. Cliffer ; un mot du patois champenois, je crois : c'est ce que j'entendais couramment utiliser dans mon enfance pour dire : "éclabousser".

Car le vent était aigre, bien qu'il ne l'eût pas encore remarqué jusqu'ici, ayant couru d'un trait jusqu'à l'endroit où le sable était resté mouillé, tatoué de débris de bois, d'algues et de coquilles, preuve indéniable d'un mouvement dissimulé par l'évidence même de ses continuelles hésitations, sursauts et repentirs, et que souvent d'ailleurs elle lui reprochait, avec une brutalité et une méchanceté qu'il redoutait et qui le faisaient s'enfuir, dévalant l'escalier, jusqu'au coin de la rue qu'il traversait sans regarder, stupide, pour revenir par l'autre trottoir, déjà repris, déjà vaincu, une fois de plus, chaque retour gommant ainsi un peu le précédent départ, mais sans l'annuler pourtant tout à fait.

Parfois d'ailleurs trop tôt amorcé, son élan se trouvait stoppé avant même qu'il eût pu se manifester vraiment, surpris, toute force absorbée soudain, et il se faisait alors un court répit, une vacuité précaire, un instant comblée par une chose blanche, dodelinant dans la houle molle, avant de s'en arracher avec un cri aigre et répété. Le sable était dur et lisse en apparence, mais encore jeune et grossier, il s'affinerait peut-être avec les siècles, jusqu'à cette poussière impalpable et tiède où l'on se vautre, face en avant, l'oeil mi-clos, l'esprit à la dérive, sans vrai désir, sans réel plaisir, parce qu'il fallait bien, que c'était les vacances, et qu'on n'allait tout de même pas rouler comme ça sans arrêt quand la mer était là tout près — tant pis s'il y a du monde, avait-elle dit.

Et du coup, ce paysage de soleil et de sable dont il avait tout de même rêvé, pourquoi pas, il l'avait soudain reçu avec l'humiliation qu'il aurait eue à recevoir en cadeau, dans l'emballage prometteur d'un Skira, quelque horrible chromo découpé dans un calendrier des PTT, avec du bleu et du jaune trop vifs, des pins trop verts, et trop de baigneurs pour que tout cela ne fût pas, hélas, très vrai.

Et puis ce sable, si doux à laisser filer entre les doigts, après quelques instants, devenait dur aux reins, et l'oreiller qu'il s'était fait lui donnait des raideurs dans le cou, il était devenu comme la pierre dont il était venu et à laquelle il semblait qu'il fût entrain de retourner. Il ne parvenait pas à s'endormir, malgré la fatigue du voyage, énervé qu'il était par la présence à portée de sa main de cette mer qu'il entendait sans la voir, qu'il n'avait même pas vraiment vue car on était arrivés trop tard, il faisait noir, lorsqu'à force de faire des kilomètres pour trouver le bon coin où camper, ce qui exaspérait maman, toute la famille avait fini par s'installer, tant bien que mal à même le sable, à la belle étoile, sur l'emplacement d'une maison rasée par les obus, où des touffes de chardons avaient repoussé, déjà.

Quelle torture, cette route qui n'en finissait pas, dans la "201" qui sentait l'essence et geignait en deuxième, les arrêts pour manger et ceux pour vomir, — combien de fois, il n'aurait même pas su le dire. Mais quand papa soudain avait dit : «Attention, les gamins, regardez bien» il s'était redressé d'un coup pour regarder par-dessus la banquette qui sentait le vieux, malgré Janine qui le pinçait pour qu'il se pousse, et il avait vu —enfin...— l'instant de rien, en haut de la côte, au bout de la route qui semblait s'arrêter net, quelque chose comme un ciel bas avec de petits nuages blancs, courts et bien rangés, qui se poursuivaient sans hâte, quelque chose comme une grande plaque de tôle ondulée et grise : — la mer.

A quelque distance vers la droite, derrière l'arête continue de quelque monstre échoué là en des temps anciens et que le sable aurait peu à peu englouti, effacé, ne laissant subsister qu'une sorte de monticule allongé derrière lequel de grandes flaques étaient demeurées captives, des mouettes se promenaient gravement, fouillant prestement du bec dans l'eau figée par le reflet. Parfois l'une d'elles s'emparait d'un objet rond, s'envolait dans de grandes éclaboussures et, parvenue très haut, le laissait retomber à terre, piquant aussitôt pour le reprendre et recommencer encore, avec l'obstination tranquille des phénomènes naturels à qui le temps n'est pas compté et que seule fonde leur perpétuelle répétition. L'apercevant sans doute, les oiseaux s'éloignèrent dignement, avant de fuir avec de petits cris brefs et de grands claquement de draps blancs qui sèchent, entre lesquels il aimait à courir et se dissimuler, le visage caressé par la toile un peu rêche et encore humide, n'imaginant même pas qu'on pût le voir, et tout surpris, un peu déçu, quand, d'une pince à linge moqueuse et vengeresse elle tentait de lui prendre le bout du nez à travers le tissu en bougonnant : «Arrête de barrayer [1] comme ça ! Tu vas me les salir !... Veux-tu te sauver, embarras de ménage !»

---

1. Barrayer : encore un mot champenois ; quelque chose comme : aller et venir dans tous les sens

Il s'échappait, mais par le bout le plus éloigné, bien sûr, et venait tenir le panier d'osier dans lequel, une à une, elle jetait les épingles de bois grisâtres qu'elle décrochait du fil de fer grinçant. Mais venait un moment qu'il aimait entre tous, celui où les draps secs dans les bras, en un tas qui dépassait son menton levé, il allait falloir les étirer pour les défriper un peu avant de les plier. Alors, face à face, et d'un mouvement rythmé, ils tiraient tous les deux en se penchant un peu en arrière, et il essayait toujours de tirer un peu plus fort ou un peu plus tôt qu'elle, ravi quand il avait réussi à la faire céder d'un pas ou deux, et peu soucieux de ses «Vas-tu finir!» qui n'avaient pour effet que de rider un peu plus, d'un sourire, son visage déjà fripé, sur lequel il ne savait pas encore, alors, déchiffrer les runes des ans, trop habitué qu'il était à elles pour pouvoir supposer, ne fût-ce qu'un instant, qu'elles n'y eussent pas toujours tracé leurs mystérieux linéaments, ces rigoles infimes qu'une eau salée aussi avait déposées par endroits, en retournant au grand tout palpitant, soulevé de pulsations profondes et brutales — ou traces peut-être laissées par quelque insecte traînant après lui à grand ahan le tube fragile fait de débris minuscules patiemment accolés, ces stries délicates d'apparence désordonnée, ces «pattes de mouche» dont le Maître qualifiait volontiers par dérision son écriture, sans se douter peut-être que l'image fût si vraie, pattes de mouche ou de fourmi sur un sable tout blanc, trace infime et statique, sans origine précise et sans destin certain, et qui pourtant, dans ses retours et ses hésitations, sa lancée soudaine et sa précipitation, fraye, malgré tout, un passage, une faille où le désir parfois réussit à s'inscrire et à tourner le Temps.

A cause du froid peut-être, et de l'heure tardive aussi, on aurait pu marcher ainsi pendant des heures, semblait-il, sans rencontrer personne sur ce rivage désert, sans rencontrer rien d'autre que ces oiseaux toujours les mêmes et ce sable qui se faisait maintenant plus mouvant sous les pieds aux abords de la dune figée par des touffes d'herbe raide et acérée, d'où la vue ne découvrait qu'une enfilade monotone de monticules semblables, et il était resté saisi, stupide soudain devant ce mot devenu chose à contempler? : le désert — le vrai, aussi vrai que celui des livres, le désert, cette peau nue de la terre, ce ventre offert de l'innocence minérale, dominé seulement d'ocres écroulements et de grandes lames immobiles et profilées, entre lesquelles encore venaient s'insinuer, par endroits, de longues lanières d'un vert brutal, dans un effort ultime et dérisoire vers cette chair dorée, tentante en sa passivité, que parcouraient de longs frémissements ténus et tièdes quand, avec des précautions subtiles et d'insidieux détours, il osait doucement en approcher ses lèvres, tout près, si près qu'il ne restait plus rien qu'un univers aux courbes lisses et douces infiniment, se rejoignant vers des lointains sombres soudain, touffus et comme impénétrables, et vers lesquels pourtant, fasciné, il progressait, en proie à des éblouissements aigus et des mirages vagues, sans poids, flottant dans un espace devenu trop dense, et survolant des contrées aux perspectives indéfinies, aux nuances imperceptibles, qu'il était le premier, bien sûr, et seul à découvrir.

N'ayant pas même de nom, elles n'existaient pas encore en somme, ce qui le faisait tant rêver, dans la classe aux pupitres de bois un peu hauts blanchis à l'eau de Javel à chaque rentrée, et sur lesquels il était défendu d'écrire, quand, le problème fini, il pouvait à loisir contempler enfin, accrochée au tableau de la rangée des grands en prévision de la leçon de l'après-midi, la carte Vidal-Lablache en couleurs de l'Afrique Occidentale Française, superbe, fascinante, avec ses grandes surfaces jaunes presque vides où s'aventuraient seulement parfois des pointillés timides qui devenaient des caravanes marchant droit devant elles dans les sables vers Tombouctou, et qu'enjambaient ces lettres capitales entre toutes : SAHARA.

On pouvait d'ailleurs, avec un peu d'habitude, et en mettant ses deux mains sur le côté du visage pour limiter la vue, y trouver des endroits extraordinaires où il n'y avait absolument rien, — rien que du sable jaune à en avoir le vertige. Et à force d'écarquiller les yeux, il avait même failli réussir, une fois, il s'en souvenait, à distinguer les petits points jaunes dont ce sable était fait — mais le tableau avait tourné pour dévoiler la solution d'un tout autre problème, et jamais la leçon de calcul n'avait été si ennuyeuse que ce jour-là.

Par bonheur, pourtant, c'était son jour de "service", et en allant chercher pour les distribuer les cahiers recouverts de papier bleu qui se trouvaient en pile sur l'étagère de gauche, il avait pu risquer un oeil furtif, en tendant un peu le cou, juste le temps

d'accrocher pour les emporter en fraude ces quelques lettres d'autant plus bouleversantes qu'elles demeuraient incompréhensibles,
appartenant probablement à une langue non encore déchiffrée et
qu'il déchiffrerait, lui, forcément, le premier : «if du Hog».

La carte du Grand Larousse en quatre volumes qu'on l'autorisa à regarder le soir après s'être lavé les mains le déçut un peu
en faisant de ce nom mystérieux un massif qui le rattachait bêtement aux Alpes ; et puis, dans cette carte trop petite, trop d'inscriptions finissaient par empêcher de voir ce qui était dessous.
Et combien il préférait, décidément, ce jeu de cubes antique et
usagé, hérité d'une vague cousine Augusta dont le menton piquait
si désagréablement, représentant bizarrement les cinq parties du
monde sur leurs quatre faces, et dont les images un peu décolorées et un peu décollées aux coins, inscrivaient en toutes lettres
en guise de récompense, quand on était parvenu à les bien assembler, quelque part au-delà de Sidi-Bel-Abbès ou de l'étrange
«Bidon V», cette excitante constatation : «Régions inexplorées»,
en petits caractères, mais bien lisibles, car tout autour, à perte
de vue, le papier s'étendait, blanc et secret, immense et méprisant dans sa solennité hautaine, défiant la plume qui s'efforce,
qui rature et se suspend, et pourtant lentement progresse, ou
bondit par saccades, remontant des rivières au cours invisible,
établissant dans le vertige de ce désert soudain glacé une piste
hésitante et sinueuse, plus loin, toujours un peu, et du néant offert en sa béance faisant surgir à chaque pas des choses étouffées
et fugaces, qui se dérobent et se transforment, avec des latences
aiguës et des déferlements contenus, des grondements lointains
suspendus à des failles de silence blanc s'effondrant tout à coup,
se dissolvant enfin en saccades incoercibles et prolongées, montant avec des frémissements multipliés et confondus, plus haut,
plus fort, jusqu'à se faire étale, avec un râle, et s'abolir, dans
l'ombre qui s'est installée, gommant les choses et magnifiant le
bruit qui semblait à la fois plus proche et plus profond encore.

Un phare clignota, puis un autre, sans qu'on eût pu dire
s'ils se trouvaient au large ou simplement à l'extrême pointe des
terres, maintenant qu'une commune obscurité réunissait mer et
sable, et rendait vain cet obstiné combat qui pourtant demeurait, se faisant plus sournois. Une odeur forte montait tandis qu'il
trébuchait dans des paquets d'algues, pataugeant dans des trous

spongieux, une odeur fauve de pourrissements âcres, qui leur faisait faire des grimaces et pousser des cris nasillards derrière leurs mouchoirs, quand la voiture, qui n'avançait qu'à peine entre une charrette où s'entassaient des matelas délavés et des chaises de paille et un troupeau de vaches impavides et résignées, s'immobilisait une fois encore à la hauteur d'une chose noirâtre, énorme et distendue, qui semblait un ballon trop gonflé et prêt à éclater, surmonté bizarrement de quatre pieds tout raides terminés par des morceaux de métal en forme de fer à cheval que le soleil faisait étinceler.

Ils comptaient, pour se distraire, ces masses pestilentielles égrenées au hasard sur le bord du fossé, se chamaillant toujours sur leur nombre, se pinçant le nez à s'en faire mal pour imiter des sonneries de trompettes et ricanant à n'en plus finir en se répétant à l'oreille pour qu'on ne les entendît point : «ça pue !... ça pue !...» ou encore : «masque à gaz !.. masque à gaz !...» en tapant des pieds, en se chatouillant jusqu'aux larmes. Cela variait un peu, du moins, le refrain qu'ils avaient rabâché durant des kilomètres, — «Marci-lly, le Ha-yais» — , un nom glané à la pancarte d'un village et dont les sonorités bizarres les avaient séduits au point qu'il l'avaient scandé comme une sorte de Marseillaise dérisoire au long de cette route où des vaches se faufilaient parmi les charrettes et les piétons hagards, les autos renversées et les vélos trop chargés pour pouvoir rouler. Et maintenant, la "201" stoppée net derrière une pile de matelas et de cartons plus haut que les ridelles semblait tanguer, dans un grand raclement de godillots traînants que ponctuaient des meuglements sonores, tandis qu'un groupe compact d'uniformes poudreux la contournait, fusils à la bretelle, sacs au dos, sans même répondre d'un sourire à leurs saluts militaires frénétiques, le nez écrasé à la vitre qu'on n'avait jamais le droit de baisser et dont la poignée, d'ailleurs était cassée.

Comme ils les regardaient s'éloigner, par l'étroite lucarne de l'arrière, oubliant un peu cette chaleur où l'on étouffait, et demandant pourquoi ils s'en allaient par-là, eux, puisque nous on se sauvait, et que papa disait — il les vit soudain tomber à terre très vite et l'un après l'autre, comme il aimait à faire avec son jeu de dominos, tandis que s'élevait dans un bruit de sirène un tac-tac saccadé et un peu agaçant qui lui rappelait celui des grandes

crécelles de bois qu'agitaient les enfants de chœur venus récla-
mer des sous dans une boite de conserve au couvercle fendu, le
jour de Pâques, chez sa grand-mère, dans la grande cuisine qui
ressemblait à la salle des gardes du château de ce roman d'aven-
tures qu'il écrivait en cachette, avec sa grande trappe découpée
dans le plancher, ouvrant sur les ténèbres de la cave.

Il en était sûr depuis longtemps. Un trésor fabuleux maintenant disparu avait dû se trouver entassé, qui sait, pendant des
siècles, gardé jalousement par des chevaliers en armures qui ne
vieillissaient pas, au fond de souterrains gluants découverts par
Jean Dubois, un garçonnet de dix ans environ, qui était allé se
promener dans la forêt par un bel après-midi d'automne avec
Pierre, son meilleur camarade de classe. Après avoir longtemps
marché sous la haute futaie au feuillage roux pleine de chants
d'oiseaux, ils s'assirent un moment sur un vieux tronc moussu et
dévorèrent de bon coeur les tartines que Pierre avait emportées à
l'insu de sa mère. Ayant laissé tomber son couteau par mégarde,
Jean se baissa pour le ramasser et vit alors enfoui dans l'herbe,
un anneau de fer tout rouillé qui l'intrigua. Pierre s'était appro-
ché, et ils tirèrent ensemble, le coeur battant, sur l'anneau qui
paraissait fixé solidement au sol...

Quelle ne fut pas leur stupéfaction ! Quand ils parvinrent à le
soulever, il entraîna une grande plaque de fer qui dissimulait des
marches étroites et usées par les ans... «Allons-y», se dirent-ils
aussitôt, un peu tremblants tout de même. Après avoir descendu
une dizaine de marches, ils se trouvèrent dans un souterrain humide et froid, où il faisait très noir. Jean, par bonheur, avait
des allumettes , et à la lueur de la flamme, ils virent soudain
se dresser devant eux une grande porte de métal brillant sur laquelle étaient tracés en relief ces mots qu'il ne comprenait pas
très bien, mais qui lui plaisaient tant, parce qu'il les avait vus
écrits en grosses lettres sur la première page d'un livre resté ouvert sur le bureau de son frère :

« VOUS QUI ENTREZ ICI, LAISSEZ TOUTE ESPÉRANCE »

Il les avait aussitôt recopiés, pour les mettre sur la porte de
son roman, mais, bizarrement, arrivé là, il n'avait pas su quoi

écrire encore et ce n'était plus que ratures et recommencements. Il avait dû même arracher plusieurs pages de son précieux cahier, et butait contre cette porte qu'il avait lui-même dressée, fiction irritante et véritable obstacle, qui le paralysait et dont il ne parvenait plus à se défaire, pris à son propre piège, désespéré devant les mots qui ne venaient plus ou qui s'arrangeaient mal et qu'il barrait sans cesse, en vain, ne pouvant parvenir à gagner sur cet espace vide qui se dérobait, malgré le flot montant qui battait ses tempes à grands coups réguliers, cadencés, et qui ne laissait pourtant sur le sable, avec un peu d'écume, qu'une trace humide à peine, toujours évanescente.

Coup de dé chaque ligne arrachée à l'absence, d'elle-même déjà à se résorber tend : que n'y vienne un passant, même un seul, et ce Lascaux de mots ne sera rien que roc, terre matière redevenue elle-même, ou plutôt restée telle, puisque toujours le signe de quelqu'autre a besoin, de quelqu'un d'autre à qui faire signe.

Mais pourquoi ce passant se dérangerait-il, pourquoi donc viendrait-il, au prix de contorsions pénibles, à s'engager dans ce boyau où les flammèches qui servirent à créer ces merveilles depuis si longtemps sont éteintes, fragments calcinés laissés derrière lui, son ouvrage fini, par celui que ces lieux incommodes abritèrent, et prolongeant sa voix, en transmirent les marques

Ces images, ces lignes, qui les séparera de l'aveugle travail des lents ruissellements, des fissures de roche, de la griffure de l'ours Tant de touristes ici venus s'émerveiller des frêles stalactites, qui ne surent point voir, fût-ce à lever la tête, qu'une main, quelque jour, avait osé donner à l'informe une forme — en vain, si nul regard n'y revenait refaire, patiemment, les détours prélevés sur l'infini hasard par quoi s'était marqué, un instant, ce surgissement vague et pourtant décisif, au-dessus du cours, probable seulement, des choses.

Même encore eussent-ils, par mégarde peut-être, redressé leurs fronts bas, ces grands cerfs affrontés se seraient-ils pour eux montrés sur le rocher, si jamais leur regard ne s'y fût préparé ?

Cet acte qu'aujourd'hui nous nommons remarquer, la langue d'autrefois lui donnait nom choisir. Différence en laquelle se laisse deviner comment ce que l'on croit tenir pour connaissance n'est autre en vérité qu'une reconnaissance : nous nous sommes démis du soin de décider que le choix même implique, rassurés, confortés, à retrouver en tout des marques déjà vues, à quoi réduire en nous ce qui nous sollicite.

A qui pourtant se prend à ce jeu d'écriture, il est clair que les mots sont rien moins qu'oripeaux dont la pensée nécessiterait d'être vêtue pour échapper aux foudres d'une loi qui défendrait qu'elle se montrât nue.

Ce qui s'inscrit ici, et en ce moment même, nulle part n'attendait qu'on lui accordât d'être, mais chaque mot lancé coupe toute retraite, et dans l'infinité mouvante des possibles, en s'écrivant, taille à grands coups : il n'est plus, de nouveau, qu'à choisir le suivant, avec la frustration douloureuse de ce qui ne fut pas et qui aurait pu être, à chaque fois, dans ce gaspillage prodigieux que génère l'étreinte brève et répétée du mot et de la page.

Plaisir extrême, mais furtif, amer souvent et combien solitaire, guetté par le dégoût qu'il retrouvait toujours avec la rue, croyant lire des sourires narquois dans les yeux des passants quand, au bout de ce couloir étroit, dépassée la haie des filles ondulantes qui s'écartaient à peine, il ouvrait toute grande, d'un geste qu'il voulait détaché et superbe, la porte de verre dérisoire qui le faisait d'un coup basculer dans le bruit et l'odeur du réel, détachant ce fragment d'une histoire passée comme on arrache au bloc immaculé la lettre que l'on vient d'écrire, la soustrayant soudain à cette infinité qui aurait pu s'écrire – encore.

C'était ainsi, toujours, il le savait pourtant, mais qu'y faire ? Des heures durant, il avait bourlingué dans ces ruelles toujours les mêmes, obsédé, forcené, se tenant à lui-même et d'ailleurs sans y croire, le rôle du spectateur lucide et détaché que cette représentation chaque soir répétée, avec une troupe différente pourtant, ne parvient plus à intéresser qu'à grand-peine, et ne concerne pas. Mais il aimait pourtant jusqu'au vertige, qu'on l'y interpellât, déçu quand elles restaient simplement des choses silencieuses qui renversaient les rôles, et faisaient alors de lui un acteur ridicule figé par un trac fou, transporté de délices quand dans certains recoins spécialement propices, une main, au passage, l'agrippait, et qu'une voix lassée lui débitait, vite, vite, une insistante litanie où la tendresse feinte côtoyait l'obscénité poisseuse, – et qui l'incendiait.

C'était, déjà, une façon de plaisir, qu'il s'attachait même à prolonger, puis à répéter, réussissant même à s'échapper parfois avec une parole quasiment amicale, accompagnée du sourire un peu condescendant de celui qui n'a besoin de rien, excusez-moi, merci – quand tout en lui était écorché vif, et qu'il vacillait en partant, sans se retourner, marchant, marchant encore jusqu'à l'épuisement qui peu à peu, il l'espérait, prendrait la place du désir.

Il se sentait redevenu libre alors, – libre ! Et pour se le prouver, s'offrait une dernière traversée de cette mer de seins offerts, qu'il contemplait déjà avec la nostalgie du voyageur regardant s'éloigner la côte, – et d'un seul coup sombrait, vaincu, perdu, transi par un déferlement inattendu qui le faisait rouler dans un escalier sale, porté par une lame haute comme un étage, qui d'un coup l'empoignait, l'abattait sur le fond, le retournait, le projetait les mains tendues crispées sur un espar flottant avec lequel il dérivait un instant dans la pénombre incandescente, auquel il s'agrippait jusqu'à s'y imprimer, mais repris, relancé, avec des culminances extrêmes qui précédaient, atroces, des chutes effroyables au fond de caves glauques, assommé par des paquets de chair moite, hurlant, faisant eau de toutes parts, vaincu, brisé, dépossédé, pour échouer enfin, les yeux au ciel et les bras en croix sur une plage inconnue et déserte, avec au loin, assourdi maintenant, le flot qui fouaillait le sable encore, dans un gargouillement de robinets qu'on ouvre, et qu'il ne savait plus au juste si c'étaient les vagues qui se balançaient ou le rivage qui, en se dandinant, agitait les vagues, de même qu'il avait cru, longtemps, avant qu'on ne lui eût appris à bien penser des effets et des causes, que les feuilles des arbres, en s'agitant, finissaient par produire le vent : plusieurs grandes personnes généralement bien informées et dignes de foi lui ayant affirmé le contraire, il l'admit, non sans méditations sur la nécessité de se défier des apparences.

Mais de quel côté fallait-il placer les apparences, lorsqu'il était assis dans le compartiment près de la vitre, et que le train soudain se prenait à reculer ? De ce côté-ci, pour lequel l'apparence de mouvement venait du vrai mouvement de l'autre, ou bien du côté du voyageur d'en face pour qui au même moment l'apparence de mouvement du premier naissait de son vrai mouvement à lui, resté inaperçu ? Tous deux ne se trompaient-ils point ? Ou bien n'avaient-ils pas raison tous deux, au contraire, puisque ce train réputé immobile, le dictionnaire le faisait avancer avec tout le reste à la prodigieuse vitesse de quelque quatre kilomètres à la seconde, ce qui fait que ce n'est pas le soleil qui tourne, que tout le monde voit midi à sa porte mais pas à la même heure, qu'il fait d'ailleurs tout à fait nuit maintenant et que les étoiles s'initient à briller, dans les vastes échancrures ouvertes – peut-être ? – par le vent, et par lesquelles il avait dû s'enfuir, profitant de l'obscurité, car on ne le sentait plus du tout.

Il faisait même si doux et la route était si peu fréquentée qu'ils s'étaient allongés sur le goudron tiède encore, pour mieux compter les étoiles filantes. Il avait sans vouloir posé sur elle sa tête, elle n'avait pas bougé, et il comprit soudain en regardant le ciel dans un vertige. Pour combler ce silence qui peu à peu, les emprisonnait, il se prit à parler, vite et d'une voix qu'il ne se connaissait pas, de choses qu'il connaissait à peine, nommant Alcor, Mizar, Ursa Maior, lointaine caravane avançant doucement dans les sables vers l'horizon, suivie de son petit chariot, Aldébaran, œil rouge d'un taureau furieux, que trente six soleils ne rempliraient qu'à peine, si dérisoire pourtant auprès de Bételgeuse, escarboucle géante sur la tunique d'Orion, Deneb au cou de Cygne, et Véga de la Lyre, si profonde, si douce, entre les cils qui battent faiblement, Capella, astre double, sein rond et ferme qui nourrit Jupiter dit-on, et qui palpite, voilé à peine ; Pégase, cheval de feu, de ses quatre sabots d'argent frappe l'espace, traînant derrière lui par ses longs cheveux où passe, distraite, sa main fine, Andromède, marquée de trois étoiles aux noms étranges : Sirrah, sa tête, Alamak, sa jambe, et Mirach, ses hanches, ses hanches tièdes au creux desquelles je sens rouler ma tête en feu, Andromède si belle, si nébuleuse et palpitante, anneau immense aux bras si blancs, qui se recourbent un peu vers moi tout doucement, galaxie ô combien lointaine et pourtant la plus proche, monde de mondes dérivant dans les espaces troubles, petite tache blanche que touche mon regard et qui sourit un peu, enlace-moi, emporte-moi, spirale dénouée, dénudée, vers cet univers courbe où naissent les comètes, ce champ de pulsations qui tour à tour me démesurent et m'annulent, et toi, naine blanche si nue, supernova soudain explosée rouge en un silence terrible, et moi,

météorite, bolide fulgurant lancé comme un rayon, droit vers
ton centre obscur, où couvent des soleils, où voie lactée je coule !

Il sentit qu'il avait froid, et se redressa, doucement, pour ne
pas l'éveiller. Un peu en contrebas, la grande rumeur persistait,
mais plus calme, et son souffle régulier témoignait d'un sommeil
que visitaient quels rêves ? La lune était là, probablement, ac-
cessoire obligé des descriptions nocturnes, puisque sans elle on
n'y verrait rien, et qu'il faut bien faire son métier, que l'oisiveté
est mère de tous les vices, écrit en lettres appliquées au tableau
le matin, en dessous de la date, à quatre carreaux de la marge
sur le cahier du jour, pendant que les petits faisaient semblant
de lire.

L'après-midi, on allait aux doryphores, dans les champs de
pommes de terre, chacun muni d'un bocal hermétique à demi-
plein d'une solution jaunâtre et qui sentait mauvais, où surna-
geaient encore péniblement quelques bestioles rayées aux pattes
de coccinelles frénétiques, échappées par miracle et pour un bref
sursis au glorieux supplice dans lequel s'illustra Jeanne d'Arc, les
yeux au ciel dans ses linges blancs, tandis qu'une façon de moine
dont le capuchon dérobait le visage brandissait à travers la fumée
un crucifix long comme une lance dont il semblait vouloir frapper
la malheureuse qui ne s'en souciait guère, guettant avec anxiété
sur la page suivante l'essor du sentiment national qui viendrait
parachever l'oeuvre entreprise, sous la conduite de Duguesclin,
pour le moment occupé à porter sur son dos des fagots vers le
château d'un méchant seigneur, et que le Roi de France, en récompense, faisait connétable en lui donnant une grande épée et
une grande compagnie.

Duguesclin, quand il était petit, jouait à la guerre avec un
bâton, et commandait son bataillon, pendant la récréation, qui
durait longtemps, parce que c'était l'été et qu'il faisait chaud,
qu'on laissait les fenêtres ouvertes, on entendait au loin le canon,
entre deux vagues de points très hauts, minuscules et métalliques,
qui paraissaient n'avancer pas, serrés, innombrables, portés par
une rumeur vague et monotone, lancinante, obstinée, qui par
moments faisait sonner, plus clair, un carreau fêlé, s'atténuant
un peu derrière une masse compacte de nuages, et reprenait, plus
sourde et plus vaste, jusqu'à emplir le ciel entier, qui se tachetait
soudain de petits flocons blancs se déchirant silencieusement,

moirant de longues traînées d'écume effilochée cette eau bleue qui clapotait sous le rocher où il gisait, vide et comblé, s'assurant seulement parfois en étendant un peu la main que ce rêve était vrai, ferme et tiède sous ses doigts, corps complice, chair souple et lisse sur lequel pourtant le temps ferait prise, s'infiltrant par les moindres pores de la peau, remontant l'entrelacs fragile des artères, à chaque pulsation gagnant un peu, chosifiant un peu plus ces membranes, ces nerfs, ces fibres qui l'instant d'avant encore pouvaient se contracter, s'étirer, se régénérer, et qui sournoisement se fossilisaient, réduites à un semblant, un simulacre de muscles et d'organes, durs, crispés, étrangers.

L'invasion progressait par à-coups, poussant de-ci, de-là ses résilles ténues qui subitement se raccordent en un seul bloc ne laissant subsister que quelques poches où des cellules affolées couraient en tous sens dans un mouvement brownien éperdu et futile, tournoyant sur elles-mêmes enfin avant de s'immobiliser, gagnées par la marée.

PIERRE

Fossile ce gisant, granit où nul outil, pourtant, ne pénétra

Pur simulacre, ruse dernière, masque sur nul visage mais visage fait masque, crâne sans creux, plein d'une lourde pierre, et qui résonne sourd.

Inutile ta mue, immobile et muette !

Une exacte semblance a remplacé ce corps, si patiemment lui dérobant sa place : pour le faire durer fallait-il l'annuler ?... Pour regarder encore l'oeil a cessé de voir, et la bouche d'un cri solidifié s'emplit, jusqu'aux lèvres, en dessinant le bord, distendu, convulsif, seuil non franchi à de sourdes oreilles, Conque où la mer de nul sang ne s'anime, indifférente au ressac qui s'efforce, et qui roule et revient, caresse rêche et redoutable, rabot liquide et obstiné, gommant les angles, affouillant les cavités, polissant tendrement un instant les surfaces avant de les ronger.

Des rainures, des stries bientôt s'ouvrent et s'étendant se multiplient sous le scalpel liquide en cette chair opaque et sans un cri, soumise en son indifférence immense et vulnérable.

Une chimie subtile, par endroits, troque son eau contre des sels, qu'ailleurs elle remporte, et des vides se font, des fissures s'aventurent en ces entrailles minérales que parcourent des veines plus fermes, plus colorées, canaux inutiles aux liquides solides, enserrant des cellules dont les noyaux, alors, éclatent et s'épandent, puis projectiles frappent, coups de bélier infimes et multiples sur la muraille austère et impassible qui sûre ne s'altère, et soudain cède, craque, s'effrite, se défait, se désagrège, s'effondre, en granules grossières s'entre-choquant, se fracassant, se fragmentant encore, jusqu'à se faire imperceptibles à l'eau même qui les porte, puis vers le fond descendent et s'attroupent, innombrables et impalpables, semblances d'atomes, noyaux aléatoires, riens répétés, sable, sommeil de la pierre, poudre aux crocs acérés, débris de roc et latence de terre, unité retrouvée dans l'infinité vague où tout ordre fait manque, où nul réseau n'opère, matière libre et disponible, mots déposés, sédimentés, mots en vrac, où fouiller, où puiser, de quoi servir enfin et à nouveau encore, disposés, ordonnés, réarrangés, cailloux déposés blancs autour d'un noir néant, relus noirs sur les blancs de mémoire, formant repères, marques, griffes qui se font graphes, où retracer ses pas, où relancer le texte, où ne se perdre pas, où même recouvrer ce qui n'y était pas et qui se vient à faire, fascination, tremblance tue, et nue plus vraie qu'un théorème.

Champ clos des sens où les clameurs ont fui dans la poussière et la chaleur, venant par battements irréguliers, réglés pourtant par quelque lune, son frêle bras tout blanc tendant sur des eaux vagues, avec la fixité précaire d'un sillage où la houle se joue, frémissement tenace à l'humide épiderme où seul affleure et seulement se marque un émoi surgissant de troubles profondeurs, à peine dévoilées furtivement reprises aussitôt qu'initiées, jeu du désir, espace infime infiniment que suspend la caresse et qu'oblitère l'effroi, gravité dont se courbe en un rayon le geste, à la sphère infinie que nul centre ne fonde puisque partout présente et en tout point semblable,

et s'inversent les pôles en une crispation qui se prolonge à démesure, s'écroule, s'étale et se distille, centre au centre remis, revenu, réancré, avec un cri muet seulement esquissé que le temps hésitant ne sait où emporter, collision d'univers brève instantanément, plus vieille que les yeux où s'y graver, longtemps après la fulgurance extrême, et dont le chemin creux reste dissimulé par des broussailles quotidiennes jusqu'au jour où quelque lézard emblématique, fuyant les pas du promeneur, l'attire vers cette laie marquée à peine dans les feuilles amoncelées et les ratures sauvages, sinueuse, indécise, un éboulis frayé par l'eau sur une pente où soudain apparaît nettement sur le sable plus lisse une empreinte de pas inverse, suivie d'une autre plus nette encore, et que machinalement il suivait avec le sentiment bizarre d'aller à la rencontre de lui-même et se demandant quel discours il tiendrait à ce passant songeur dont la démarche nonchalante le reconduisait maintenant vers la mer que l'on ne voyait encore qu'à peine dans tout ce noir, mais dont les battements se faisaient plus perceptibles et plus râpeux, inscrivant, écrivant à même la pierre ses signes venant par vagues, par bonds, par giclées, moraines délaissées par quelque glace en marche, fêlures, zébrures, ratures, brisures où vient clapoter une eau noire, varechs jetés sur la grève à la hâte en saccades serrées, bientôt raides et crissantes, où quelque bestiole courant dans tous les sens tentait de se dérober à ses pas indécis, drailles entrecroisées sur des collines sèches et dénudées, illisibles à qui ne s'y prend de très haut, rides de roc où l'eau se fait forte, et ronge, et rêche, filet rafistolé, réseau, résille, où quelque chose, toujours, se prend, qui relevé n'est plus, qui reposé s'enfuit, Ainsi ces mots, dragués profond, au bord tirés à grand tourment et peine, tout frétillants, sur la page épandus, soudain morts-nés, stupides, carcasses vides sauf si quelque passant de semblable talent ne les vient d'aventure les lisant, — animer.

Car de ces mots, ici, la ressemblance extrême n'en est que l'apparence, et de ces carapaces à la ligne accrochées comme bruyant hochets, seul un souffleur habile en son propre creuset fera gonfler le verre pour, bulles, prendre essor, avec des irisations indécises, des moires, des muances, taie fragile et ténue à l'extrême tendue, membrane nue du mot aux osmoses secrètes, toujours en équilibre instable entre deux poids contraires, et se mouvant précaire, mot-planète, comète que Newton arraisonne

« si corpus in spatio non resistente circa centrum immobile... »

mot-bulle, balle ou boule, sur le papier tombé sans bruit, explose, éclate et coule, signe de quelle trace en l'espace éployé ce devenir brandi visible à qui l'écrit Et toi, toi qui viens lire ici, contrefaisant ma voix, comme moi écriras un texte même et autre, si convoquer tu sais à chacun de tes pas tout ce qui en toi sonne avec les mots des autres. Et tu reconnaîtras pour certain ce que tu y mettras, puisque, dit Aristote

« Ce n'est pas de raconter les choses réellement arrivées qui est l'oeuvre du poète, mais bien de raconter ce qui pourrait seulement arriver ».

CRISTAL

Ce ne sont, sur l'instant, que d'infimes rumeurs, des craquements précieux, mais distants, nés d'ailleurs, et le bourdonnement qui peu à peu s'installe n'est peut-être rien plus que la marée du sang, amplifiée, qui revient à travers l'écouteur,

noir coquillage rond à l'oreille appliqué, tandis que d'un doigt moite, et tremblant, il manœuvrait avec parcimonie le fil ténu du détecteur, dont la pointe acérée fouillait de la galène les ténébreux replis où luisent des facettes au mat éclat plombé, fascinantes, muettes, sous l'enchevêtrement des poutres entoilées formant clocher, municipale et modeste réplique d'un autre plus aigu,

et qui, d'ordinaire, distillaient de sournoises terreurs quand, avec l'heure, descendaient les poids de fonte menaçants, freinés dans leur chute obstinée d'araignées mécaniques par le tic-tac sévère d'une machinerie imposante et complexe, où des roues de laiton poli entraînaient à intervalles fixes de bizarres hélices qui suspendaient, le temps d'un vrombissement amorti et feutré, l'oscillation tenace d'une sorte d'étrier dont les extrémités venaient, avec une précision maniaque, s'insérer dans l'engrenage, et sans qu'on pût jamais savoir lequel des deux commandait l'autre.

Machine à découper le temps, mais aussi à le remonter, quand, chaque mercredi, l'employé de mairie, d'un pas tranquille et satisfait venait ouvrir le grand placard vitré où palpitait la chose, et insérait précautionneusement sous le B de « BRILLIE » une grande manivelle qu'il actionnait sans hâte, dans un cliquetis d'abord grave, suivi d'un autre un peu plus aigre sous le E, tandis que, vaincus une fois de plus, remontaient vers des cieux poussiéreux les menaçants ludions voués à l'estrapade.

L'ombre s'épaississant et travaillée de pulsations sonores cessait heureusement de faire craquer les jointures de ses doigts grossièrement équarris dès l'instant que, soigneusement placé, le casque d'ébonite aux oreilles plaqué, sur le monde faisait tomber sa lourde porte, livrant les tympans frêles à l'attente infinie et combien délicieuse d'une victoire certaine en ce combat fort singulier,

> *oublieux des clameurs dont les loges emplies*
> *couvraient trompettes et buisines,*
> *dans la chaleur et la poussière*
> *frappées d'un lourd galop où le regard chavire,*
> *jusqu'au choc dur sonore, quand par mi les écus*
> *s'enbatent, si qu'ils éclatent,*
> *et li hiaume, si qu'il resanble,*
> *de tel cop que lor ont donné*
> *que il eust molt fort tonné ;*
> *mais peu lui chaut qu'on le joustise*
> *car son penser est de tel guise,*
> *que lui meismes s'en oublie :*
> *ne sait s'il est ou s'il n'est mie ;*
> *ne li manbre le jor, ni l'heure,*
> *de rien nule ne se souvient,*
> *fors seulement, sitôt perdue,*
> *une parole lui sembla,*
> *dans un idiome étrange et méconnu,*
> *et trop brièvement pour qu'il pût même en être sûr,*

ou si quelqu'un avait crié, dans le monde extérieur, et que trop désireux, il eût attribué à l'assemblage minuscule ce qui n'était que bruit futile, superposé par une attente extrême au silence obstiné de l'inerte cristal dont, à force de scruter les aspérités vaines, l'image même par instant se brouillait doucement,

et devenait moins transparente avec le temps, chaque jour un peu plus lui volant sa lecture, jusqu'enfin l'interdire, malgré les verres épais aux montures de fer que soigneusement il rangeait avec un clac qui n'était rien d'autre, dans un étui fort usagé, que le bruit sec du filament de cuivre heurtant le bord du noir cristal, avant de le glisser dans la poche avachie de sa veste de coutil, lorsqu'il jouait auprès de lui, dans le jardin,

avec un vieux mécanisme de phonographe à cylindre dont le mouvement, régulé par la rotation vrombissante de masselottes de métal pesant fixées sur des lames d'acier qui s'écartaient selon la vitesse qui les entraînait, le captivait toujours, dessinant immobiles dans leur retour précipité d'immatériels volumes, douloureux et présents pour les doigts qui les voulaient saisir,

et marquant le moment qui toujours le faisait sursauter, où, de grands bras de fer agitant par saccades des fils d'acier maintenant peu visibles dans l'ombre, faisaient là-haut dans le clocher sonner le coup marquant quelque quart d'heure,

avant que ne reprît, hésitant et mesuré, l'andante aux deux notes qui semblaient battre alors à ses oreilles mêmes dans le silence obtus d'un éther magnétique, d'où toute vibration semblait pour l'instant avoir fui, devenu vide et bête, et la lassitude le gagnait, hésitant à recommencer encore ou bien à taquiner sans joie quelque doryphore aventuré sur une feuille voisine, balourd sous sa cuirasse irisée. — ...même plus lire...

Il avait relevé la tête, surpris de le surprendre, les yeux vagues, un peu mouillés sous les paupières depuis longtemps malades, les lunettes posées sur le livre fermé, noyé dans un brouillard intérieur et sournois, le crépuscule permanent où le cristal opaque à ses pupilles ternes, jour après jour plus profond, le plongeaient, faisant dissoudre dans la page grise des lettres grises aussi qui se dédoublaient, se diffractaient à l'infini jusqu'à s'évanouir, et rendant peu à peu secrète et désuète cette écriture dont les annotations soigneuses qui toujours couvraient les premières pages et qui lui paraissaient marquer, l'une après l'autre, dans leur précision désormais dérisoire,

un étonnant itinéraire, dont la ténacité et la curiosité le remplissaient d'admiration, lorsque secrètement, dans le grenier empli d'un tic-tac métallique et monotone, il tirait un à un des caisses poussiéreuses, avec l'avidité vaguement sacrilège qui pousse à déchiffrer les signes ressurgis d'une existence maintenant fossile, les livres usagés qu'on y avait enfouis :

Sergent Bayen
2e Brigade territoriale
Instituteur à Lenharrée
acheté au marché de Chalons, 1915

ornait ainsi la première page d'un « Petit Vocabulaire breton », les hommes âgés déjà dont il avait la charge et le commandement venant de fermes où le français, probablement n'était guère moins étranger que l'allemand dont se servaient les « boches » d'en face. Puis venait

Strasbourg, 1917 (occasion)

pour un dictionnaire Allemand-Français : les bretons avaient cédé la place aux Alsaciens, et le Sergent Bayen, profitant de l'occasion, meublait ainsi ses loisirs forcés, tout en guettant au ciel l'arrivée ronronnante des biplans à croix noires et annotant, d'une fine écriture de maître d'école, des poèmes de Heine...

Claude Farrère, Gaboriau, Charles Plisnier, venaient encore, dans des éditions ornées de bois gravés sévères, et les "Chansons de Bilitis", dont la sensualité exquise et trouble lui faisaient battre plus fort le sang aux tempes avec délice et l'inquiétude que ces mots, de bien loin venus, et miraculeusement réfractés en un point si subtil et si parcimonieux de l'espace ne s'évanouissent à nouveau avant que d'en pouvoir nette conscience prendre.

Et voilà justement que d'un geste imprévu sur le petit levier manipulé depuis combien de temps ? avec un soin infini, des mots audibles à peine cèdent à un orage entrecoupé de chant, voix si lointaine qu'on la dirait venue, à travers la série concentrique des sphères, de l'ultime région où, selon Ptolémée, le ciel est de cristal et fait, à leur insu, mouvoir les cercles inférieurs,

un chant qui s'établit enfin, distinctement, s'installe, demeure et disparaît encore, suivi d'un flot ténu de confuses paroles, réticentes, hésitantes, et dont le reflux même se trouve contrarié par le mouvement qui l'engendra et se prolonge, où plusieurs langues se superposent et interfèrent, en une frange instable, effervescente, qui sur place piétine, s'enroule, s'accroche au sable qui trop vite cède, agite des coquilles et démêle des algues, décroît, s'épuise, s'annihile,

et le gong attendu, soudain, par quatre fois frappé émerge faiblement, répété, répété, dans un concert maintenant plus fourni de déflagrations et de grincements traversé par de souples serpents sonores et changeants, dont les oscillations sans hâte s'amortissent, se font plus graves, puis recommencent leur sournoise ascension vers l'extrême aigu,

stoppée net par l'imperceptible pression de ses doigts sur le bouton qui fait se mouvoir le jaunâtre cadran par l'étroite ouverture dont faiblement s'éclaire la pièce obscure aux rideaux soigneusement tirés, au bas de l'imposante ogive de bakélite autrefois rouge et constellée de chiures de mouches,

et le gong insistant se fait plus proche, et plus stridente la litanie sur quelques notes qui parfois vient à le couvrir et parfois s'estompe, le temps de quelques mots bizarres

« le bâton du Maréchal est en bakélite...le bâton du Maréchal est en bakélite...nous répétons : le bâtiiiiiiiiii... »

Des sifflets suraigus se sont interposés, puissants, irrémédiables, malgré les efforts et l'extrême précaution avec laquelle il touche le bouton pour tenter d'arracher une fois encore au néant orageux et criard d'où elle était sortie la voix qui débitait sur un ton de grave confidence des phrases à la fois cocasses et hermétiques : le Maréchal, sur la carte postale sépia dont s'ornait depuis peu le compteur électrique, n'avait pas de bâton, pourtant, mais un képi fleuri et l'air très fatigué, disant :

« Je hais ces mots qui vous ont fait tant de mal. »

Et toujours il s'était demandé ce que pouvaient bien être ces « mots » qui faisaient « mal », est-ce que c'était ceux qu'on entendait comme ça à la radio et qu'il fallait pas dire, et pourquoi le Maréchal les aimait pas, et pourquoi on mettait sa photo, là-haut sur le compteur, près du calendrier, puisque lui, on l'aimait pas non plus, et pourquoi, lui, on l'entendait toujours si bien quand il parlait des allemands aux français, puisque quand des français ils parlaient aux français, c'était toujours brouillé qu'il disait papa,

et pourquoi c'était toujours la faute des français la guerre qu'il disait le Maréchal, puisque tous les soldats qu'on voyait défiler sur la place de la mairie, bien alignés et jetant des coups de pied en l'air, que c'était rigolo, ils étaient tous allemands, et qu'ils chantaient des trucs qu'on comprenait pas bien, alors on répétait, nous, avec les copains, « ali, alo, bande de salauds... »

Et papa il s'était fâché tout rouge, je l'avais jamais vu comme ça, et il avait éteint la petite lucarne du poste en faisant : « pfff... j'aimais mieux la galène, c'était bien quand on n'entendait rien, quand ça marche y a plus rien à faire, si tu veux je t'en ferai un », mais il avait un peu oublié, sûrement.

Et puis un soir il avait farfouillé dans le tiroir de la cuisine où y avait plein de vis, de rondelles, des clés cassées, des fils sur

des bobines, des tas de machins bizarres, et il avait fait un dessin
comme ça

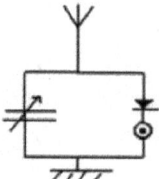

sur le coin de « l'Eclaireur de l'Est » en se parlant tout seul, et
il avait vissé des choses avec des fils sur un bout de contreplaqué,
mais il était tard, il fallait aller se coucher...

Et les bestioles tapies dans les poutres obscures grignotant
leur sciure remplaçaient maintenant les aériennes voix qui tout
à l'heure avaient semblé surgir du contact hasardeux du fil et du
cristal qu'on ne distinguait plus qu'à peine, charbon miraculeux
d'où surgissait parfois encore sans raison apparente des notes
d'accordéon,

« Perles de cristal », ça s'appelait, on entendait ça tout le
temps à la fête, et l'accordéon rouge aux touches de coquillages
avait joué ça, bien sûr, pour commencer le bal sous le grand
peuplier, de la fenêtre du palier on voyait qu'il n'y avait pas
encore grand monde, quelques couples qui piétinaient le sable,
quelques vieilles installées sur les bancs, venues faire provisions
de cancans, et qu'est-ce que l'on dirait si on les voyait ensemble ?

Et oserai-je seulement lui parler et qu'est-ce que je vais dire ?
Pourtant ce n'était plus possible de ne pas lui dire, et la fête,
c'était l'occasion qu'il attendait depuis si longtemps, il le fallait,
ça ne pouvait plus durer comme ça, les jours étaient trop durs
à supporter et trop longues les heures passées à la fenêtre de sa
chambre à espérer, espérer seulement la voir, de loin, frileuse et
menue, sur le chemin qui longeait la cour de l'école...

Elle devait bien sentir qu'il était là, elle ne pouvait pas ne pas
se retourner tellement il la fixait, tellement il l'appelait, silencieusement, de toutes ses forces concentrées sur un seul mot, sur un
seul nom, le sien, et déjà elle avait disparu derrière les tilleuls,

c'était fini, le soir tombait, rien n'avait plus de sens, tout était laid et sale, et noir, et terne,

et rien ne subsistait de ce passage miraculeux, de cette trajectoire indifférente et hasardeuse qu'un souvenir déjà durci, qu'une pierre de lune qui aurait noirci, caillou pesant tombé, dit-on, dans les sillons de la mémoire, lumière condensée, dégradée, refroidie, diamant brut en sa gangue enfermé, qu'on aurait dû briser peut-être, peut-être dû tailler pour l'éclaircir, le purifier, lui redonner sa force, son éclat ?

Quel son clair n'eût jailli, alors, en sa géométrique architecture, en ce réseau complexe et périodique, dont l'infinitésimale disposition, l'insaisissable microcosme, pourtant se laissait deviner, à la secrète et rigoureuse correspondance que chaque point du macrocosme de ses faces avec lui entretient ?

Transparence à demi livrée de milles feintes, à l'oeil grossier n'offre que la surface, nette d'une figure parfaite, par où passe l'image réfractée sur elle-même éteinte. Mais rêver de cristal, n'est-ce gageure ultime ? ne serait-ce rêver d'une écriture morte aussitôt que parue, — à supposer qu'elle pût paraître ?   En abyme édifié ce réseau toujours faut à l'espace tenir qui l'annihilerait Toujours en quelque endroit cet infini discret vient son secret livrer en face par défaut.   Dans ce dur minéral, rebelle à tout impact, et qui de se briser seulement se ranime, cet espace rempli d'une équation figée, quelques trous, quelques manques, hasardeux mais choisis, à émouvoir l'ensemble sont nécessité !

> *Qu'un rayon égaré de quelque étoile issu,*
> *à forcer ce glacis redoutable parvienne,*
> *et sans fin relancé en équilibre tienne,*
> *ordre et désordre en lui s'évincent à l'insu*
> *Et le poème ainsi traçant les noeuds des mots,*
> *périodique, et surgi d'un bloc aléatoire,*
> *à parfaire le sens au réseau de sa moire*
> *en vibrant sans bouger s'applique à dire trop.*
> *Pour qui ose soudain s'y mettre en aventure,*
> *après avoir longtemps erré, heaume lacé, lance sur feutre,*
> *de la forêt issir il voit un chevalier*
> *et crie "Montjoie" lui courant sus levant s'espée...*
> *Luisent écus à pierres d'or gemmées*
> *et les hauberts et les broignes safrées*
> *Pierres y a, ametystes et topazes*

flor et cristaux, escarbocles ardant.
Fuir s'en veut, mais ne lui vaut néant

tant est son regard désirant de ce labyrinthe sans murs mais de facettes affrontées, surgies du roc par de lentes poussées, accumulées, enchevêtrées,

ou témoin pâle de la goutte ourdie dans l'ombre de la voûte où s'agrippaient noirâtres et bientôt dérangées, des ailes tournoyant, freinées et relancées par ce rempart dressé de colonnes fragiles et scintillantes où ricochait la voix ridicule du guide :

— Ici, mesdames et messieurs... la cathédrale ! Voyez la flèche devant vous dominant les deux tours... Ces stalagmites de carbonate de calcium à structure rhomboédrique, encore appelé « calcite », sont parmi les plus hautes du monde. On estime leur âge à environ près de six cent mille ans, c'est dire que ça date pas d'hier, hein !... Ne touchez pas, s'il vous plaît. Et maintenant par ici...

Docile le troupeau se remet en chemin, piétinant dans l'obscurité froide, avec des hochements de tête et des murmures admiratifs, gravissant précautionneusement les marches luisantes et arrondies, autrefois taillées à vif dans la roche tendre, bordées d'un garde-fou succinct aux supports décorés par la rouille, longeant de chaotiques précipices vaguement ruisselants, éclairés en leur fond par une lanterne dont la lueur diffuse avait suffi, dans cette forêt dont le calcaire constituait la seule essence, à faire miraculeusement germer dans son halo un véritable pâturage de mousses microscopiques, qui lui faisaient comme une ombre verte et paradoxale, s'atténuant à mesure qu'elle se trouvait plus éloignée de ce dérisoire soleil électrique.

Il avait traîné un peu à l'arrière, pour échapper aux savantes fadaises qui tout à l'heure justifieraient la chute de quelques pièces dans une paume ouverte, quand il faudrait bien revenir à l'air libre et à l'éblouissement de ce dimanche d'Août,

trop vite, et alourdi de cette déception vague qu'il sentait sourdre en lui à chaque instant et chaque pas un peu plus, espoir devenu terne, opaque, et se solidifiant, jusqu'à l'emplir bientôt complètement, jusqu'à n'être plus qu'une forme pétrifiée parmi tant d'autres qui l'entouraient, bourgeonnantes ou raides, et cette goutte qui maintenant tombait, glaciale, sur son front dur et douloureux, suivie d'une autre, et puis d'une autre encore, simulant sur ses joues les larmes qu'il se refusait, viendrait, avec le peu de hâte où se complaît l'inexorable, toute son énergie absorbée par le choc, libérer quelque sel jusqu'alors invisible,

et le déposerait par couches successives, le revêtant sournoisement d'une armure laiteuse s'opacifiant, s'épaississant, gommant les formes du visage, murant ses yeux, scellant sa bouche, obstruant tout, soudant ses bras déjà pesants, ses pieds déjà absents,

tellement qu'il ne pouvait même plus déjà lui faire signe, quand au dernier tournant, là-bas, elle se retournerait peut-être enfin, par hasard ou pitié, un peu étonnée de son absence tout de même, pour le chercher des yeux et dire : « eh bien ? » mi-souriante, mi-agacée, son corps deviné tiède un peu courbé sur le fer rude de la balustrade.

Et c'est à peine même s'il pouvait encore seulement l'apercevoir, par la mince fente laissée à ses paupières dures, et son haubert de pierre était si lourd que ses mains étaient vaines, et ses pieds si lointains qu'il ne les pouvait plus atteindre,

et sa bouche entr'ouverte sur une langue inerte se crispe en un cri vide, avec la fixité atroce des coquilles écartelées, que remue vaguement le flot intermittent, puis abandonne, stupides, laissant des flaques de silence aux creux caressés d'une mousse vorace,

parmi des filaments poisseux et des gravats sordides, escaladés parfois de choses aux pattes pressées et dures, aux mandibules agitées de convoitises convulsives, et que guette un oiseau, né de rien, planté là, défi jeté figé à la houle au dos rond qui se frotte au rivage où caresse quérir,

oiseau si grave qu'on pourrait croire, peut-être, en ta prunelle obstinément cerclée de noir, qu'une sagesse tue t'évite à te mouvoir...

Venu pourtant tu n'es que par hasard infime, chercher un socle où t'ériger quand le vent te laissa, et soudain déserté, en l'espace de rien retourné à la froide durée du minéral, austère mais qu'un peu d'écume ou qu'un rayon tombé suffit à divertir,

latent, chargé, mais en secret, de l'aigre cri qui déploiera ta docile voilure par-dessus le sable des siècles, sans effort ni regrets, dans une indifférence nécessaire, pour t'immiscer sans heurt, par des voies invisibles et de toi seul connues entre soleil et terre, entre la vague et l'air, et te hisser jusqu'où voir l'océan immobile, cette ligne où le ciel de ses paumes de vent fait frissonner la peau de la terre si nue au creux des reins de l'eau.

LIGNE

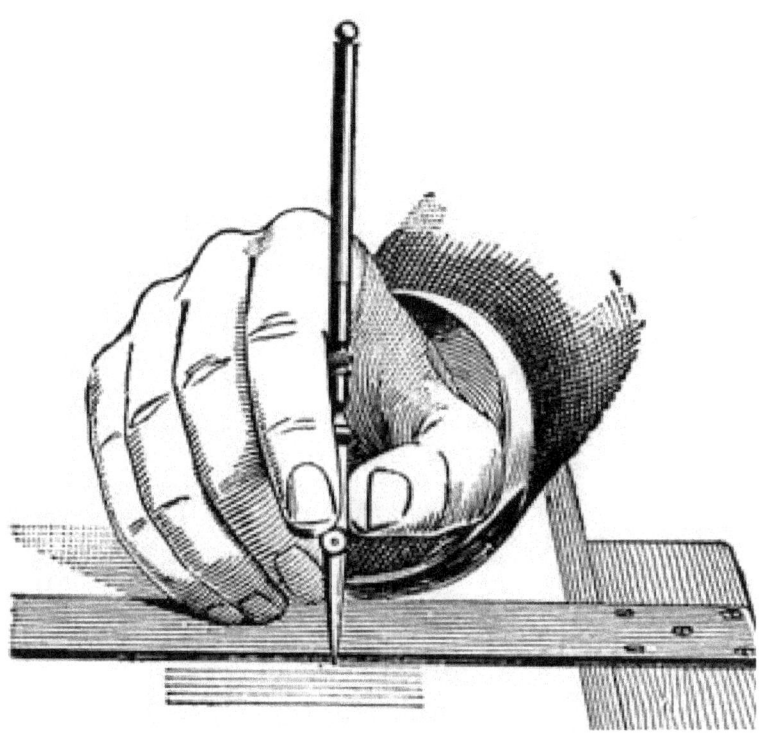

Par la fenêtre du ferry, cette ligne, que l'on dit "d'horizon". Ça m'avait toujours intrigué, ça. Une ligne, c'est quoi ? Ça n'a ni début ni fin, c'est « illimité dans les deux sens », avait dit la prof, et j'avais demandé comment on pouvait le savoir ? Elle m'avait dit qu'il fallait pas chercher à savoir, que c'était comme ça. Et moi je n'ai jamais supporté qu'on me dise ça, qu'on dise qu'on ne peut pas savoir, il faut seulement chercher ! Alors j'avais tracé des tas de lignes sur mon cahier de brouillon ; j'allais jusqu'au bord, et là je tournais la page, et je continuais, mais au bout de deux ou trois, j'en ai eu marre. Ça ne menait à rien de faire ça. . . Puis j'ai pensé qu'une ligne qui n'avait ni début ni fin je savais faire ça ! Suffisait de prendre mon compas ! Mais non : elle avait dit une « ligne droite ». Et que même il fallait dire « une droite ». Et quand j'avais demandé quand est-ce qu'on sait que c'est une droite, elle m'avait dit que je posais toujours des questions idiotes et qu'elle avait pas le temps, qu'il fallait suivre le programme, tout ça. . . Et puis, tiens, tu n'as qu'à prendre ta règle ! Le bord de ta règle, c'est ça, une droite ! Ah. . . bon. Mais quand je regardais ma règle du coin de l'oeil comme papa m'avait appris à faire pour voir si une planche est « droite ». . . eh ben, ma règle, elle était pas tout à fait droite, justement ! Quand je la regarde comme ça du dessus, elle est droite. Et quand je mets mon oeil au bout, elle est plus petite, et elle est pas bien droite. . .

Donc ça dépend du point de vue. La règle c'est une chose, et
la droite c'en est une autre. La droite, la ligne droite « ça n'existe
pas ; c'est un concept », il m'a dit mon grand frère, quand je lui
parlé de ça. Il est plus calé que moi, mon grand frère, alors je lui ai
demandé « c'est quoi, un concept ? » ; il a eu l'air un peu embêté,
mais il m'a raconté une histoire à propos d'un type, je sais plus
le nom, un philosophe, et ce type aurait dit : « Le concept de
chien n'aboie pas ». Bon... Mais alors pour moi, si ça ne peut pas
aboyer, c'est pas un chien, et le concept de droite comme il dit,
c'est pas une droite non plus et tout ça, ça m'avance à rien. Et
puis d'abord : on parle de la ligne d'horizon, et l'horizon là-bas,
il n'est pas « droit ». Il paraît droit seulement. Mais puisque c'est
la limite de la terre, et que la terre est ronde, alors forcément ce
n'est pas une "droite", c'est un "arc de cercle". Qui me semble
droit, voilà... Mais quand même, j'y repense souvent, à cette
histoire de chien : si tout ce qu'on voit en vrai, c'est pas vraiment
les choses pour de vrai, ça devient compliqué...

C'est comme les parallèles. On dit qu'elles ne se rencontrent
jamais. Bon. Mais comme personne n'a jamais pu en voir le bout,
puisque ce sont des droites, alors personne ne sait vraiment si
quelque part, loin loin, elles se rapprocheraient pas, un tout petit peu, quand même ? Elle m'a dit que j'étais bête, que j'avais
qu'à regarder les rails du train. Alors, le soir, en rentrant de
l'école, j'ai descendu de vélo à la barrière de Saint-Brice, au milieu de la voie. Et j'ai bien regardé : c'est pas vrai ! Là-bas, tout
au bout, elles ont l'air de se rapprocher tellement qu'on dirait
qu'elles se touchent ! Pour être bien sûr, j'ai roulé sur le côté
de la voie, en me disant que je pourrais toujours repasser par
le pont de St-Charles, au lieu de suivre la route comme d'habitude, quand on revient avec les copains. Mais zut ! Quand je
roule, là-bas au bout, c'est toujours pareil, mais plus j'avance
et plus ça recule... Pour savoir il faudrait que je puisse sauter
d'un coup jusque là-bas... Mais si au bout les rails rétrécissaient,
comment il ferait le train, alors ? Ça doit être vrai, l'histoire des
parallèles. Mais le bout des rails, c'est où ? On peut pas savoir...
Et ça m'embête. Mais en attendant, il faut que je rentre sinon je
vais me faire attraper. Et en rentrant, comme cette histoire de
ligne, ça me trottait toujours dans la tête, j'ai regardé la petite
boite qui venait de mon grand-père, car dedans il y a un truc

qui s'appelle un "tire-ligne". Drôle ça... On peut donc tirer une ligne... tirer une ligne et pas tirer un trait ? Tirer un trait sur quelque chose ça ne fait pas une ligne, ça fait comme si on effaçait. Comme une gomme qui serait pas une vraie gomme, mais qui gommerait quand même. Seulement au lieu d'enlever ça rajoute, et ça cache, quoi. Mais le résultat, c'est pareil. Je devrais tirer un trait sur tout ça, pour ne plus y penser. Tirer un trait sur quelque chose, bien droit, avec ma règle... C'est comme quand on oublie le nom de quelqu'un : on sait qu'il y a quelque chose, mais on ne sait pas quoi, c'est caché, c'est barré par un trait. Mais la règle qui fait qu'oublie n'est pas vraiment droite, alors il reste des petits bouts de souvenirs par-ci, par-là. On peut tirer dessus, pour voir, comme au grenier sur un truc qui dépasse d'un tas de choses pleines de poussière. Mais quand même : un tire-ligne, ç'est beau, mais ça ne tire rien. Ça fait une ligne, si on met de l'encre dedans, pas trop, parce qu'aussitôt ça bave. On peut aussi régler l'épaisseur de la ligne, en tournant le petit bouton qu'il y a au milieu. Mais si une ligne est épaisse ; ce n'est plus une ligne, c'est un trait ! On n'en sort plus ! Puisqu'une ligne « ça n'a pas d'épaisseur...» Allons bon ! Et comment quelque chose pourrait ne pas avoir d'épaisseur ? Sans épaisseur, il n'y a plus rien ! Si je serre trop la vis, plus de trait et plus de ligne non plus ! On ne voit plus rien du tout, rien que le papier déchiré... Une ligne, encore, mais elle n'est plus droite, celle-là, une ligne comme celle qu'on voit sur les cartes marines, avec plein de crans et de creux, des stries, des fissures, des redans et des pointes, à la Vauban, si on regarde bien, mais c'est moins régulier. On se promenait sur le glacis, et le mot était bien à sa place, il faisait un froid de canard, c'est là que le Grand Condé avait remporté la bataille, c'était la victoire de la géométrie, avec les armées bien rangées, les redoutes bien dessinées, les mouvements prévus sur le papier, et combien étaient morts dans ces fossés que l'herbe maintenant envahit, des dentelures effilochées, qui se répètent de plus en plus, en plus petit, même à la loupe on les retrouve, et on ne peut en voir la fin, il paraît que c'est ainsi à l'infini, c'est Mandelbroot qui nous le dit, comme en Bretagne, où le chou-fleur est dans les champs mais la côte est comme un chou-fleur, quand on la regarde un peu d'en haut, et qu'on le découpe au couteau, à chaque pas on tourne un peu, et on avance et puis on tourne et on avance et si on recommence ainsi longtemps on finit par tourner en rond, mais il y a toujours un peu d'erreur et l'erreur est ce qui fait qu'on retrouve un peu plus loin la même chose, en plus petit, en plus petit... c'était comme ça que j'apprenais aux tout petits comment dessiner un « rond » sur l'écran, avec un langage génial qu'on appelait « LOGO ».

TOURNE 10 AVANCE 10 TOURNE 10 AVANCE...

Alors au bout d'une dizaine de fois ça devenait ennuyeux, je leur montrais qu'on pouvait faire répéter à la machine « TOURNE, AVANCE » autant de fois qu'on voulait... et c'était déjà de la programmation ! Les enfants s'extasiaient : ça marchait tout seul, hop ! encore ! encore... Mais les vrais informaticiens, eux, avaient toujours fait la grimace devant « LOGO ». Ils partaient du concept, de l'algorithme, et pour finir, à la rigueur, ils faisaient quand même quelque chose de vrai avec, mais ça ne les intéressait pas vraiment, l'important c'était l'idée... « Top-down » qu'ils disaient, pour faire chic. On définit d'abord l'ensemble, et puis après on fignole les détails... Moi, c'est l'inverse. Je pars des détails, et à force de réfléchir, je trouve qu'il y a des choses qui se ressemble, ou qu'on peut répéter... Du « LEGO », en somme, d'où le nom de « LOGO », peut-être, mais aussi parce qu'il est « logique », bien sûr.

Je n'ai jamais été d'accord avec eux, les « vrais ». Je les admirais, mais je ne voyais pas les choses comme ça. C'est pourquoi l'APPLE II m'a tellement plu tout de suite ! J'étais venu d'Agadir à Paris pour acheter le « Sorcerer », une machine dont j'avais longuement étudié les possibilités dans les premiers numéros de « l'Ordinateur Individuel », c'était en 77-78. J'avais décidé qu'il me fallait celle-là pour la bonne raison qu'elle permettait de définir ses propres caractères, et moi je voulais faire de l'arabe avec... Arrivé à Paris, je n'ai pas trouvé la boutique où on vendait ça... Je suis allé à la Bibliothèque du « Palais de la Découverte » pour chercher des photos de galaxies , pour le livre que je voulais écrire et que je suis en train d'écrire trente-cinq ans plus tard. Il y avait là un type qui déballait un grand carton et qui installait une machine qui avait l'air d'une machine à écrire, mais il l'a reliée à un écran de télé, et il a fait sa démonstration... J'ai reconnu la machine, je l'avais vue en photo, c'était un « Apple II ». J'ai regardé longtemps, j'ai été épaté, j'ai pris mes photos et j'ai filé à la FNAC. Ils en avaient, j'en ai acheté un, je l'ai installé dans notre chambre à l'hôtel et je n'en suis plus sorti jusqu'au moment de repartir. C'est comme ça que ça a commencé, pour moi. Et ça dure encore puisque le livre que j'écris je l'écris en ce moment même sur un Mac, mais dans un programme de ma façon et de ma fabrication ! Je sais bien que c'est du bricolage, comme ils diraient, les « vrais informaticiens » ; mais voilà, eux, les « vrais », ils n'ont jamais été foutus de faire les programmes dont j'ai besoin ! alors... il a bien fallu que je fasse ça moi-même ! Et puis d'ailleurs, à quoi ça sert de refaire ce qu'on sait faire ? Les « vrais » informaticiens, ils ne savent faire que les choses qui ont déjà été faites. Ce sont des cuisiniers : ils consultent leur livre de recettes, et ils font ce qu'il faut faire, voilà... Moi ce qui m'intéresse, c'est au contraire de faire ce qu'on ne fait pas... ce qui n'existe pas ! Les deux « Steve » , dans leur « garage », ils ont vraiment inventé quelque chose... autre chose que ce qu'on leur faisait faire à la chaîne chez « HP ». Ils « pissaient de la ligne », comme on disait. Mais ce que ça ferait, c'était prévu d'avance. Dans le garage de Jobs, Wozniak, lui, il a aussi « pissé de la ligne », mais s'il savait ce qu'il voulait que ça fasse, il ne savait pas d'avance si « ça le ferait », comme disent les gamins de maintenant, ni même pas vraiment comment faire... Il a trouvé en écrivant. Et il en a écrit des lignes ! Pour écrire la « ROM », le coeur de la machine... Je n'avais que ça comme manuel : le listing de la « ROM » ! Dans un petit bouquin spirale livré avec... J'ai regardé, ligne par ligne, pour comprendre ce que ça faisait... Un vrai casse-tête, mais tellement passionnant !

On a peine à imaginer, aujourd'hui les trésors de patience et d'astuce qu'il fallait déployer pour faire tenir un programme, même simple, dans les 16 K de la mémoire ! Comme si on voulait faire rouler une voiture avec un dé à coudre d'essence... Mais on travaillait "au ras des pâquerettes", on travaillait au niveau de la machine, au niveau des circuits électroniques, ou presque : je m'étais fait un dessin représentant toutes les "cases" de la mémoire, et j'y inscrivais les 0 ou les 1 selon ce que faisait mon programme, à chaque pas de celui-ci, pour savoir si j'aurais assez de place... En guise de langage, je travaillais en "assembleur", avec des codes comme : « LDA », « RTS », « STA » etc.

```
 1    ****************************
 2    *                          *
 3    *        APPLE II          *
 4    *     SYSTEM MONITOR       *
 5    *                          *
 6    *     COPYRIGHT 1977 BY    *
 7    *   APPLE COMPUTER, INC.   *
 8    *                          *
 9    *    ALL RIGHTS RESERVED   *
10    *                          *
11    *       S. WOZNIAK         *
12    *       A. BAUM            *
13    *                          *
14    ****************************
15                                   ; TITLE "APPLE II SYSTEM MONITOR"
16    LOC0      EQU    $00
```

```
FB2E: 60          500  RTS2D  RTS
FB2F: A9 00       501  INIT   LDA  #$00               ;CLR STATUS FOR DEBUG
FB31: 85 48       502         STA  STATUS             ;  SOFTWARE
FB33: AD 56 C0    503         LDA  LORES
FB36: AD 54 C0    504         LDA  LOWSCR             ;INIT VIDEO MODE
FB39: AD 51 C0    505  SETTXT LDA  TXTSET             ;SET FOR TEXT MODE
FB3C: A9 00       506         LDA  #$00               ;  FULL SCREEN WINDOW
FB3E: F0 0B       507         BEQ  SETWND
FB40: AD 50 C0    508  SETGR  LDA  TXTCLR             ;SET FOR GRAPHICS MOD1
FB43: AD 53 C0    509         LDA  MIXSET             ;  LOWER 4 LINES AS
```

Chacun de ces codes désignait une opération, il fallait les détailler, une par une... Le moindre "listing" de programme faisait plusieurs centaines de lignes! Et je n'avais pas encore d'imprimante, il fallait tout lire à l'écran ou recopier, comme un scribe médiéval... Le crayon et la gomme étaient les outils essentiels, à l'époque. Alors quand je quittais la machine et l'écran verdâtre de son « moniteur », pour me retrouver au grand soleil qui tapait dur sur la montagne et faisait scintiller la mer au loin, j'avais un peu le vertige, le jardin m'apparaissait trouble, l'appareil photo de mes yeux et de ma tête ne parvenait pas à faire la mise au point... et c'est à peine si j'avais vu arriver le voisin – Ah! Bonjour! Dites-donc, on m'a dit que vous aviez un ordinateur? – Ben... oui... – Mais qu'est-ce que vous faites avec ça? – Heuhhh... de l'informatique. – De l'informatique? Mais pourquoi faire? – Mais pour rien... enfin, si, quand même. Mais vous, vous avez un piano, n'est-ce pas? – Oui, et alors? – Et qu'est-ce que vous faites avec votre piano? – Mais de la musique, pardi! – Alors, vous voyez bien : vous faites de la musique, et moi de l'informatique... Il est parti en rigolant. Il a du croire que je me moquais de lui. Et les autres « coopérants », mes collègues, trouvaient quand même qu'il fallait être « chouïa maboul » pour faire de l'informatique, ici, dans le sud marocain, à Agadir, où il y avait tout de même mieux à faire : aller à la plage, faire la fête, tchatcher avec les copains, partir en balade à moto...

MOTO

La moto, oui, avec l'"Apple II", c'était mon autre occupation majeure, quand je ne travaillais pas, et on ne travaillait pas beaucoup : au "CPR", on avait des horaires assez élastiques, il faut dire qu'on était des pionniers, le "Centre" n'était pas encore construit, on travaillait dans des baraques, il faisait chaud, même à sept heures du matin... Je venais à moto en bras de chemise, la plupart du temps. Et le temps, justement, était au beau fixe. Au début, avant de partir, je me disais : « Est-ce qu'il va faire beau ? » Et puis j'ai vite compris que ce n'était même pas la peine de se poser la question : il faisait beau, il ferait beau. Voilà... Brassens pouvait bien moquer

Ces pays imbéciles
Où jamais il ne pleut,

Moi je trouvais cela plutôt agréable. Car je me souvenais des matins glacés où je peinais à démarrer la "Motobécane", celle que mon père avait délaissée après avoir cassé un poussoir de soupape sur la route de Fère, il y avait quelque chose déjà qui cognait bizarrement, et puis il m'avait dit « Tiens-toi ! », et la moto avait fait un soubresaut avec un grand bruit, un clac ! métallique, la roue arrière s'est bloquée net, et on s'est arrêtés dans l'herbe. « Ah, zut ! Zut ! ». Il regardait la moto d'un air consterné et renfrogné, le kick était dur comme du bois, « y a rien à faire, dit-il, il y a quelque chose de cassé dans le moteur... » Personne sur la route, on était encore loin de Fère, un peu après Vertus, je crois. Heureusement un camion est passé, il s'est arrêté, ça tombait bien, il allait à la fromagerie. « Ça risque rien, qu'il a dit, le chauffeur, on va pas vous la prendre dans cet état-là ! » Il rigolait un peu, mais nous on n'avait pas trop envie. Une heure après on était arrivés, et la grand-mère levait les bras au ciel... et mon père a dû aller téléphoner, il aimait pas ça, fallait aller à la poste, et prévenir la mairie de Saint-Brice, heureusement le p'tit père Ploix était encore là, il a dit « je monte la prévenir ! »

Mais quand on est revenus le lendemain Arthur et moi, avec l'"Estafette", on avait beau regarder, regarder, en roulant tout doucement, la route de Marrakech était toute luisante sous le soleil déjà à cette heure-là, pas la moindre voiture au loin, mais pas la moindre moto non plus ! On a fait plusieurs fois l'aller-retour du km 15 au km 25, on n'a rien trouvé on n'avait pourtant pas la berlue ! C'était bien par là que ça s'était passé !

On revenait vers Agadir, ça roulait bien, nos deux "380" tournaient rond, j'étais devant et lui à 100 mètres derrière, on roulait pépère, dans les 120... Des gendarmes marocains sont passés sur leurs vieilles Béhèmes, ils nous fait bonjour, et nous aussi et d'un seul coup je vois là-bas, devant, à 500 mètres, des chameaux qui traversent et le gamin derrière qui leur tape dessus avec un bâton pour qu'ils avancent, et j'entends hurler derrière moi « Guy ! Les chameaux ! » Et je me dis quel con, je les vois bien, qu'est-ce que tu crois ? Et je sais que je ne peux pas freiner assez, ils sont trop près, je me dis « le petit, non, je passe pas... le gros, oui, peut-être... » Et je me couche sur la moto, je la serre dans mes bras comme si j'allais m'y incruster et nous voilà sous le chameau, mais ça fait crac ! On est passés, mais la moto part un peu en vrille, comme une toupie qui va s'arrêter, je donne un coup de botte à droite, un coup de botte à gauche, et puis zut et zut ! Elle va vers le fossé, alors je lâche tout, je la pousse en avant et je tombe les fesses sur le goudron, la moto saute dans le fossé comme un cabri, et moi je glisse, je glisse, je trouve que ça me brûle un peu le derrière, alors je me dis « je vais changer » et je fais une cabriole sur le casque et je me retrouve à plat-ventre maintenant, c'est mieux, car j'ai le cuir et les gants, et ça glisse, et ça glisse, on dirait que quelqu'un a mis du savon sur la route, ma parole ! Et tout de même, je ne vais pas aller jusqu'à Agadir comme ça ! Quelle tête ils feront les gens en me voyant arriver à plat-ventre, sur le boulevard Mohamed V ? Il faut que je m'arrête... je freine avec les gants, j'essaie de faire encore une cabriole, mais là au contraire, je m'arrête net. Je suis assis au beau milieu de la route, je me dis qu'il pourrait venir une voiture et qu'il ne faut pas rester comme ça... Je me relève et je clopine, car je n'ai plus qu'une botte, j'ai tellement chaud que je ne vois plus rien, la visière est pleine de buée, j'enlève mon casque, c'est bon, il fait chaud, le ciel est bleu et je n'ai rien !

Là-bas, en arrière, plus de chameaux. Ah si, dans le champ, ils courent, mais le gamin est près d'un gros qui est par terre... Je vois un type qui sort du fossé, là-bas, il a son casque jaune sous le bras, c'est Arthur ! Il s'en tire aussi ! Ben vrai... « Quel jour qu'on est ? » qu'il me demande ; il a l'air un peu ahuri, et il est plein de poussière... « Quel jour qu'on est ? » « Mercredi », je lui réponds, mais je me dis qu'il a tout de même dû être un peu sonné ? « Quel jour qu'on est ? »...

C'est quand on est revenus bredouilles avec l'Estafette, et qu'on est repassés par la gendarmerie pour déclarer qu'on nous avait volé nos motos, qu'on a compris : elles étaient là ! Les deux motards rigolards les avaient récupérées, et ils nous demandent un bakchich, maintenant... « Vous alliez trop vite, hein ! On peut vous mettre une amende, hein ? Mais si vous voulez, on peut s'arranger »... ben voyons, bien sûr qu'on s'est arrangés ! On n'a pas trop discuté... On était tout de même bien contents de s'en tirer comme ça, non ? Et puis quoi ! on a vu que nos motos n'étaient pas trop abîmées, qu'on pourrait arranger ça...

La mécanique, ça m'intéressait et à force de regarder mon père bricoler, je peux même dire que je m'y connais un peu. Et puisque maintenant il ne s'en servirait plus jamais, et que j'allais avoir seize ans et que je pouvais passer le permis, je me suis dit que j'allais la réparer, sa "Motobécane", et que c'était moi qui monterait dessus, maintenant. Mais c'était quand même un sacré boulot. Alors j'ai demandé au père Coutelas, qui était « en arrêt de maladie », et depuis longtemps, et qui s'y connaissait, s'il ne pourrait pas m'aider à faire ça ? Il avait dit : « Si tu retrouves tout... »

Car elle était complètement en pièce détachée, la « 5865 KJ-1 » ! Le cadre et les roues étaient sous une bâche, contre le mur du préau. Et dans la remise, il y avait le bloc-moteur, ouvert en deux dans une caisse, avec le cylindre et la culasse, et sur les étagères, des tas de boites de conserve avec des vis, des ressorts, des engrenages... Un piston cassé, avec ses segments encore, était resté sur l'établi.

Quand on est revenus de Fère, il avait entrepris de la démonter « pour voir », le soir, quand il était rentré de ses chantiers, et qu'il avait rangé son vélo, en attendant qu'on nous appelle pour manger. Moi je n'en perdais pas une miette... Et au bout

d'un jour ou deux il avait dit – Ah! Ça y est... j'ai compris! –
C'est quoi? – C'est le poussoir de la soupape... tiens, tu vois, il
est cassé. Alors la soupape n'a pas pu remonter, y a eu trop de
compression... et paf! Le piston a cassé...

Il était content d'avoir trouvé. Mais voilà... un piston, ça
coûtait trop cher. Avec les segments, les joints, et le cylindre
à faire réaléser, il faudrait que j'en trouve un d'occasion, mais
des comme ça, on n'en voit plus beaucoup, aujourd'hui on fait
plus des latérales, rien que des culbutées... Il m'avait expliqué la
différence sur le tableau de la classe de ma mère. Il aimait ça, la
mécanique! Mais il n'a pas cherché trop longtemps. Un soir, en
rentrant, il est tombé de vélo, les cantonniers l'ont ramené dans
leur camion, avec son vélo... C'était l'épaule, et aussi les côtes.
Mais c'était surtout le moral qui n'allait pas, de se voir comme
ça. Même quand ça a été fini, c'était plus le même, il aimait
plus bricoler, il ne faisait plus rien, qu'elle disait maman... Et
les pièces sont restées dans leur boites. Longtemps. Et quand il
n'a plus été là, elles y étaient encore. Personne n'avait oser y
toucher, même si Mme B. disait qu'il serait temps quand même
de ranger un peu tout ce fourbi qui ne sert plus à rien, comment
voulez-vous que je nettoie?...

Le père Coutelas a emprunté la remorque d'un de ses copains,
et un jour il est venu chercher tout ça, le cadre, les roues, les
boites, le cylindre, tout. Et il s'est mis à ranger ça comme il
fallait, à voir ce qui manquait; moi je venais souvent voir ça,

après l'école, j'aurais voulu que ça avance plus vite! Mais il me
disait : « Il me manque ça... et puis ça... tu vois, un truc comme
ça... là, j'en ai qu'un, il devait y en avoir un deuxième... » Et le
soir je fouillais partout dans la remise, avec la baladeuse. Mais
je n'aimais pas trop y aller, pourtant : de voir l'établi et l'étau
vide, ça me faisait encore monter les larmes aux yeux...

Après il a fallu encore attendre pour la peinture! Et refaire
le tansad aussi, dont la moleskine était toute craquelée. Je mon-
tais dessus, quand on allait à la gare de Reims, le samedi, à
l'arrivée des trains de déportés. On se mettait à la sortie, et on
voyait des types sortir, tout doucement, avec précaution, comme
s'ils allaient se casser en deux tellement ils étaient maigres! Il
y en avait beaucoup qui avaient des sortes de pyjamas rayés, et
d'autres des manteaux kakis avec « KG » derrière en grosses
lettres noires. Papa demandait alors à celui qui n'avait pas l'air
de savoir ni où il était, ni où il allait, s'il voulait qu'on l'em-
mène? Parfois il disait « Non... non » en hochant la tête, et
en nous regardant avec des yeux si creux qu'on aurait dit des
puits d'où sortaient des larmes, encore... Une fois l'un d'eux
avait dit « Oui... Rilly, vous savez où c'est? » Et bien sûr qu'il
savait où c'était Rilly, mon père, il connaissait tous les patelins
dans le coin puisque toute l'année il allait avec ses cantonniers
et la goudronneuse rafistoler le bitume des routes que les chars,
la mitraille et les bombes, parfois, avaient tout troué... et moi
je m'en souviens de ce type-là en pyjama rayé, lui, et de Rilly
aussi je m'en souviens, car justement, c'est là qu'était tombée la
« bombe de cinq tonnes », dont on avait parlé dans "l'Union",
et on avait été voir ça avec le camion, ça faisait un de ces trous!
Alors le type il grimpe sur le tansad, il faut l'aider un peu, il a
du mal à lever la jambe, et une fois là, il met son sac devant lui,
et moi je monte sur le réservoir, j'adore ça! Pour démarrer, c'est
pas facile avec le kick, le type doit encore lever un peu la jambe,
et puis ça y est, on est partis, on va tout doucement, paf-paf-paf,
paf-paf-paf-paf – et il y a des gens qui nous regardent, il était
content le type, mais nous aussi... Papa parce qu'il rendait service, lui qui n'avait pas été prisonnier parce qu'il était aux Ponts
et Chaussées, et qu'il avait peut-être du remords je pense à ça
des dizaines d'années plus tard, et moi parce que Rilly c'était
loin, et que ça allait valoir le coup!

SCRIPTA MANENT

ÉGYPTE

NIL

Avec le soir qui lentement comme le Nil s'écoule,
S'épuisent mes rancoeurs et tiédit ma colère
Contre ce peuple fier, devenu pauvre hère
Que dévore aujourd'hui le Moloch de l'Islam
Orphelin de ses dieux sans mordre à la raison

Mer Rouge

La mer que l'on dit Rouge est bleue
Très bleue, comme l'orange d'Éluard
Et le ciel immobile est une vitre bien lavée
Que pas même un oiseau n'oserait traverser

Pierres des murs comme le four du boulanger
Dont le soleil est le foyer
Silence de cité qu'on aurait désertée
Muette sans passé d'un avenir bien incertain

Abou-Simbel

Des sourires de pierre aux lèvres écaillées
Pharaon graffité démonté remonté
Et si l'on démontait l'histoire
Pour en refaire une autre — à neuf ?

Enfants au pied des grands géants de roc
Comme eux - simplement plus petits
Les dieux n'ont pas d'enfance : le Temps les a bercés
Comme de petits vieux pour qu'ils deviennent grands.

Et si moi je pouvais ma tête aussi changer
Pour celle d'un faucon, d'une génisse, d'un
Lion qu'on aurait sorti des sables du désert
Sur un char je serais un autre Akhénaton.

Les Moaï à la mer tournaient le dos souvent
Les colosses ici regardent vers le Nil
Mais le Nil n'y est plus, des nains l'ont dérivé
Ils ont fait leurs pylônes et l'électricité.

Felouque

La cange ou la felouque sont peut-être les mêmes
Mais le Nil n'est plus rien qu'un fleuve ensommeillé
Engourdi, assisté, un vieillard si tranquille
Se promenant encore en un jardin gardé.

Où sont tes crues, tes colères, couleuvre
Docilement lovée – où sont tes crocodiles ?
Je les ai vus momies ; le fleuve est-il aussi
Embaumé maintenant pour un dernier détour ?

Cataractes noyées berges redessinées
Mais le soleil est toujours là, bien rond
Sur ta tête, déesse, et la crue immobile
Attend, comme un ibis, de déployer ses ailes.

Louxor

Fronton peut-être où les dieux à la balle jouaient
Figés sont maintenant dans leurs habits de pierre
Les voleurs sont venus enlever cette aiguille
Ce gnomon érigé d'un solaire cadran

Et le palmier, si petit, à côté,
Semble une pierre qui a poussé.

Cartouches

Les vieux chinois savaient que la terre est carrée
Mais l'ovale est la forme où se tient Pharaon.
Les signes de son nom y sont comme enfermés
On ne les écrit pas – c'est comme un sceau qu'on cèle.

Un trait courbe suffit à diviser le monde
En dehors et dedans, nommer en séparant.
Où est le nom le monde enfin lui est soumis
Sur la cire univers le nom met son empreinte.

Karnak

Les menhirs sont ici des béliers alignés :
Le soleil est si dur qu'il fait bronzer les pierres.
Les tiges des piliers ont encore leurs corolles
Et si le vent soufflait, elles s'inclineraient.

Le silence lui-même a séché au soleil
Il est comme la gangue, l'écrin de ces dessins
Où la geste se lit en termes éternels
Attitudes visages et nul besoin de langue.

Pour écrire l'on creuse :
Plus profond le sillon
Plus sûre l'inscription.

Car les faussaires sont légion.
Et les touristes, et les marchands,
Imbéciles de tous les temps
Ici même ont osé venir gratter leurs noms

Et jusque sur le mien, — moi, Pharaon !

TEMPS

Fractalité

Les jours pétales sans qu'on le sache
S'arrachent et les feuillages florissants
Placides se lissent les plumes d'antan

Sur le monument aux morts de ma vie
Les noms des amis disparus sont pléthore
Longue liste de pas dans la neige du temps

De chaque instant faire une escale
Une faille une entaille emboîtée en abîme
À mesure que l'oeil envahit sa pupille

L'infini de la côte à qui marche assez près
De l'eau pour y laisser sa trace aléatoire

Ressemble à s'y méprendre aux signes de la page

Disparition

Photo trouée le manque obsède
Présence en creux in absentia
Temps maintenant qui coule ailleurs
Nous allons tous à la dérive

Là où je suis l'oubli s'enfuit
Là où je vais je ne le sais
Chaque minute m'en rapproche
Ce que j'étais je le deviens

Et au départ je m'en reviens

Éventail...

Ouvrir grand l'éventail du temps
En déguster toutes les lames
Tarot des jours qui m'émerveille
hasard étonnement surprise

Tant de jours et qui semblent neufs
Tant de marées et le flot monte
Tant de galets qui font le sable
De choses pour un souvenir

Passé...

Tombez écailles du passé
Carapace de la mémoire
Vous n'avez plus rien à cacher
Vous n'êtes plus que de l'Histoire

Rosée

Matin de la rosée précieuse aux alchimistes
Recueillie doucement sur ce papier fictif
Immobile équilibre inertie souveraine
De l'heure qui n'est pas encore devenue

À la source de l'eau il n'est rien que la neige
Et la neige n'est rien que de l'eau faite étoile
Cycle des éléments cycles de l'univers
Et moi ludion pensant sur les vagues du temps

Un choc ténu suffit pour que sitôt s'écroule
Ce grand palais de marbre et de glace solaire
Ce désert murmurant de choses à venir

L'Autre

Elle est en moi, elle me ronge
à petits coups de dents aiguës
Elle a l'éternité pour elle.

Je ne l'observe que de biais
Je sais que ses yeux sont de terre
Mieux vaut ne pas voir la Gorgone

On s'arrange à deux comme on peut
Elle hante surtout mes nuits
Le jour je semble l'ignorer

Mais elle est là et je le sais.

Battements

Battements de cloche en ma tête
Carillon rayonnant à l'infini sonnant
Mille oiseaux pépiant sans cesse en leur volière

Le silence qui soudain siffle
Son absence de sons sensés
Au plus profond des eaux étales

Écran ce graphe plat – mon encéphale

Absence

Creux de l'absence empreinte moule
Draps chiffonnés armoire ouverte
Volets fermés nuit immobile

Tirer sur le lacet des mots
Pour étrangler l'heure pas trop
Laisser la lampe luire et le silence

Bruire du gong intérieur – ce tocsin

Verba volant

Écureuils dans leurs cages,
Qui se déplacent sans bouger
Paroles vaines bulles de sons
Pantins gesticulants poupées de vide

Mouvement brownien d'animalcules
Mimant un semblant d'existence
Inconsistant troupeau sans berger ni clairière
Où penser un instant où lever le museau

Peut-on rouler vers cet abîme
Sans tenter au moins d'accrocher
Quelque brin de pensée quelque bribe

Pour échapper à ce babil à ce semblant futile

Horizon

Horizon de la mer, horizon de la mort
Cette ligne qui fuit, qui s'enfuit à mesure
Mais la mort un beau jour s'arrête tout soudain

On trébuche sur elle sans même l'avoir vue.

Ma vie est un navire esquivant l'horizon
Je rame en ma chaloupe en lui tournant le dos
Il est loin il est près il est là je ne sais.

On a fait tant de ports pour cacher l'horizon
Se réfugier pour s'abriter pour oublier
Mais le gros temps passé la marée me reprend

Et l'horizon m'attend, m'attend en ricanant.

Cris et fureurs

Cris et fureurs et anathèmes
On se mitraille on se déchire
On se bombarde on s'assassine

Au nom de Dieu au nom de quoi
La terre entière est un asile
De fous sanglants vociférants

Depuis l'aube des temps dit-on
L'Homme a été un loup pour l'Homme
Toujours ce fut pour des idoles

Quand donc la raison paraîtra
Quand donc l'Homme cessera-t-il
De vivre à genoux prosterné

Quand cessera-t-il donc de prêter
À de stupides divinités
Des pouvoirs qui pourtant ne sont rien

Rien d'autre vraiment que les siens ?

Homo faber

Je suis assis sur la frontière
Un pied le jour un pied la nuit
À califourchon sur l'arête
Je vois hier je vois demain

Je fabrique le code qui fabrique
Avec les mots d'hier
Les livres de demain
Je suis l'alpha et l'oméga

De l'écriture qui se fait

Je tiens l'élingue qui retient
Le texte que la mer appelle
Je suis à quai et dans la cale
Le matelot le Capitaine

Celui qui dit celui qui fait
Celui qui fait ce qu'il a dit
Celui qui dit ce qu'il a fait

Homo faber homme de mots

Ovidiana

Brume immobile éteint le ciel et l'herbe pleure
Aux branches pétrifiées les heures suspendues
Finissent toujours par tomber.

L'oiseau noir mécanique ne trouve plus ses ailes
Et saute et vire et recommence – on dirait
Qu'en s'enfuyant le vent l'a oublié.

Ovide à mon rivage battu par le givre
Loin des affres mondains tout comme un vieux romain
Je médite et je compte et décompte mes heures

Tout étonné d'avoir connu deux siècles à la fois
D'avoir changé sans échanger la proie
Pour l'ombre du grand soir qui jamais ne viendra

Si ce n'est pour écrire un explicit au livre
Qui sans moi je le sais encore s'écrira !

Tisse. . .

Tisse sa toile tisse le temps
Mouche égarée ne se démèle
mais se démène se débat

Soleil et givre terre figée
Raides les bois durs les sentiers
Clignote l'eau de la rosée

Persévérer toujours un peu
Laisser dans les octets sa trace
À l'écran d'un coup tout s'efface

Pas de bouton à enfoncer
Pour relancer la machine-vie

Mieux vaut ruser mieux vaut durer

Insectes

Insectes affolés pleins de fureur guerrière
Mécaniques jouets sans cesse remontés
Les humains qui s'étaient, avec les millénaires
Redressés, mis debout

N'ont maintenant de cesse de se prosterner
De se mettre à genoux, le front dans la poussière
Pour conjurer croient-ils l'angoisse de savoir
Qu'ils sont libres – et viennent demander pardon

À des images faites de leur propres mains
Tyrans de sang avides, horreurs divinisées
Et préfèrent mourir pour des futurs promis
En égorgeant, brûlant, le plus de leurs semblables

Plutôt que de jouir des merveilles du monde

Bourreaux

Ulysse se bouchait les oreilles de cire
Peut-être faudrait-il aujourd'hui l'imiter
Mais les sirènes de maintenant sont armées
Pour séduire elles ont délaissé la beauté

D'homme elles ont volé la terrible apparence
Brandissant leurs fusils comme virilité
Ivres de sang et de fureur ces érinnyes
Pour détruire le monde étouffent la pensée

En meute rassemblés ces bourreaux prophétiques
Des rafales de mots dans leur bouche crépitent
Imprécations menaces injures anathèmes

Préhominiens parés des attributs techniques
Ils rêvent de régner sur des foules sans têtes
Et ce sont eux pourtant que l'esprit a quittés

Fantômes inversés dans le miroir du temps

Miroir vide

Avec moi finira le monde
Le monde, lui, est éternel
Penser qu'on ne pensera plus
C'est impensable je crois bien

Si ténue est la différence
Entre la mort et le vivant,
Si énorme la dissemblance
Entre l'être-là et le rien

Y a-t-il un sens à l'Histoire
Quand mon histoire à moi s'arrête
Quand le vide engloutit le jour
Quand le trou noir dévore l'Être

Planche jetée sur un abîme
"Pont de l'épée" où Lancelot,
Avance en se blessant les doigts
Funambule tenant les deux côtés du Temps

Qui donc jamais saura ce que je fus
Moi-même n'en suis pas certain
Mélange inattendu de hasards indécis
Combinaison unique univoque inédite

Je ne viens pas de rien mais je vais vers le Rien
La béance le vague le vide le néant

Combien de pas encore jusqu'à ce miroir
Où l'on ne se voit plus ?

Soir

Planent les souvenirs ces ailes tout là-haut
Lucioles au regard toujours réitérées.
Quand meurent les images, meurent les paysages
Répétés, rejoués, dans un autre langage

Un théâtre nouveau fait de vieux oripeaux
Que le temps rafistole à grands coups de paroles
D'un idiome usagé de couleurs et de mots
Sans jamais retrouver la sève originelle

Amer poème...

Amer poème au marin cher
Que la marée des jours n'efface
Que n'engloutit l'eau de la passe

Des mots posés comme des pierres
Au bord de la vie qui se vide
Au long des méandres du cœur
Obstacle, parapet, rambarde

Poème lové dans la roche
Ma lanterne de ver-luisant
Pour chercher un Homme – un vrai
Qui de prières n'use pas
Qui se regarde en face et fier

Il en est peu il n'en est pas
Tous vont à genoux ils supplient
Ils ont peur d'être ils font la bête

Ils ne méritaient pas de naître

Qu'ai-je fait...

Qu'ai-je fait de ma vie – le monde sans moi change
Et changera toujours quand n'y serai plus
J'ai maintenant perdu mes illusions d'enfant
Le monde est comme il est plein de cris et de larmes

Et je cherche des hommes et je n'en trouve guère

Ils sont de plus en plus le nez dans la poussière
Ils vivent dans la peur de n'être plus un jour
Sans savoir qu'un seul jour est une éternité

Les histrions niais ont remplacé les sages
Et la barbe chenue cède au crâne rasé
Comme si l'on pouvait penser à la va-vite

Philosophes-plateaux du fast-food médiatique

Mer sans amers

Mer sans amers eau douce-amère
Rides à peine comme les jours
Je nage sur le temps qui coule

Esquifs dodelinants des projets et des rêves
Quand vers le large vont et virent
Sllages jaillissants aux traces qui s'effacent

Le ciel et l'eau comme la vie la mort
Toujours présents toujours luttant
Sur la frontière qui les joint qui les sépare

Je nage vers cet horizon cette fiction
Que chaque brasse un peu fait reculer
Jusqu'au jour où

Je toucherai cette asymptote

Valises de vent

Valises de vent semelles de plomb
De n'être pas là où je suis
de ne pas être qui je suis

À la renverse l'acrobate
Tête plein sud et pieds en l'air
Ma cervelle en deux hémisphères

Goutte à goutte...

Goutte à goutte le temps
En mes veines en mon sang
Instille ses poisons
De moi aura raison

L'athanor du soleil
Mijote un élixir
Qui me pourrait guérir
Ne serait le sommeil

Qui m'englue qui m'attire
Ne serait la mémoire
Où les journées s'étirent
Et mollement vont choir

In memoriam

Arbres indifférents
Nuages immobiles
Bavardages mesquins
Et les cloches-tocsin

Sonnant d'un temps simple la fin

Et tu te dis que le prochain
Ce sera toi ce n'est pas rien

N'être plus rien

Miettes du temps...

Miettes du temps débris de vie
Taupe creusant ses galeries
Sans voir sans rien savoir ni quand

On regarde l'herbe pousser on lève
Les yeux vers les oies sauvages qui crient
C'est la roue des saisons dont on est le moyeu
Vide médian dit le Tao

Qui fait que peut tourner la roue.

Et si de moi...

Et si de moi devait rester
Quelque chose plutôt que rien
Ce seraient ces vers - cette essence
Ma fibre ma voix ma semence

Plus que les durs travaux des mains
Ou du cerveau les éphémères
Les grands discours et les colères
Les amours les douceurs la chair

Ce seraient ces vers - mon destin

Comme Arnaut qui amassait l'air
Et nageait à contre- courant
J'ai voyagé dans mes images
Sans billet mais non sans bagage

Je n'ai jamais hurlé au loup
Jamais suivi que l'autre voie
Quand tout le monde ensemble aboie
Je peux m'en retourner tranquille

Là où je vais il n'est que moi

Brume des jours. . .

Brume des jours qui monte lente
Mange les arbres
Les prés ont une longue haleine
Et la nuit sûre d'elle attend

Ces mots tracés chemin mémoire
Le balancier hésite et va
Et vient revient tant que le poids
À terre ne se couche pas

Il faut couper en minces tranches
Ce pain de vie ce pain levain
En bouche garder prolonger
Chaque miette chaque gorgée

Creux de l'absence...

Creux de l'absence empreinte moule
Draps chiffonnés armoire ouverte
Volets fermés nuit immobile

Tirer sur le lacet des mots
Pour étrangler l'heure pas trop
Laisser la lampe luire et le silence

Bruire du gong intérieur – ce tocsin

Moi, Janus...

Moi Janus à deux faces de vie et de mort
De quel côté me voyez-vous
Je suis la vie qui aime et rit
Je suis la mort bête et muette

Particule lancée à vitesse lumière
Indécidable pour moi-même
Vous me jouez à pile ou face
Et c'est votre regard

Qui m'anime ou m'annule

Mes yeux sont transparents leur pâle bleu se fane
Vers l'intérieur plongés dans le néant baignés
Du dehors me dérobent comme glace sans tain

Funambule je vais sans bouger je m'avance,
Entre ces deux abîmes et le vide et le plein
Entre le rien le tout l'infime et l'infini

Aujourd'hui quelque chose
– Et demain moins que rien

Brume dans les esprits...

Brume dans les esprits pleins de criailleries
Le navire s'éloigne et la polaire éteinte
La barre est désertée coque désemparée

Vue de loin cette terre est un caillou pensant
Vue de près cette terre n'est qu'un océan
Où surnagent des fous furieux et sanglants

Camper sur une étoile à l'écart de la foule
Et laisser le trou noir d'ou je vins à sa houle
Avant d'y échouer en espar inutile

Grand tintamarre

Grand tintamarre en mes oreilles
La rumeur du monde peut-être
À l'intérieur comme les signes noirs
À l'écran à la fin d'un vieux film

Tous les jours quelqu'un comme moi disparaît
Mais je reste debout je pense encore un peu
Un peu je fais si peu rien dans le monde
Ne bougera ne changera je le voudrais

Mais pourtant moi je change
En ce manège comme un carnaval de fous
Tous ont des têtes qui leur ressemblent
On ne s'y trompe pas ce sont toujours les mêmes

Avec leurs discours et leurs patenôtres
Leurs contritions leur émotions
Et tous regardent à côté regardent bien
Du bon côté pour ne pas voir

Ce Moloch enragé maintenant turbanné

Asymptote du temps...

Asymptote du temps cette courbe assourdie
Et les fureurs et les envies
S'étiole l'avenir aujourd'hui advenu
À la loupe des mots je scrute cette mue

Bric à brac meccano ce que fut ma culture
Curieuse et dévorante au parfum d'aventure
Chemin à travers bois nulle part ne menant
Mais tout seul entrepris au rêve obéissant

L'inconcevable est là tapi au fond de l'heure
Qui sonnera sans même un signe avant-coureur
Alors vite planète inconnue découverte
Dans l'espace immobile à l'instant de ma perte

Je mets encore un point sur le i de ma vie

Les jours comme la pluie...

Les jours comme la pluie glissent et me décantent
Le reste le dépôt au fond ce sont les mots
Ces insectes rongeurs cachés au fond des poutres
Et qui la nuit grattaient dans mon sommeil d'enfant

Banalité suprême la disparition
L'effacement l'oubli l'usure l'abandon
Mais si le corps pourtant à l'esprit nécessaire
Avec lui comme amant dans le trou noir du temps

L'entraîne — derrière eux des signes resteront
La poésie défie la force universelle
Qui de tout fait un rien vague banal commun

Elle d'un rien érige un Babel virtuel
Qui de changer toujours sous le regard posé
Parvient à demeurer en étant différent

Sonnet quantique

Trouble désir serti dans l'attente déçue
Que reflète une faille en des calculs austères :
À l'infini traqués, ces rayons éphémères
Se résolvent en paire où la matière mue.

Nuage dilué vibrant sans nulle issue
Qu'un improbable essor au-delà des cratères,
Où potentiellement les force en ses barrières
Une masse elle-même au centre maintenue.

À qui cherche en ce jeu où l'univers s'agite
La place de la bille instable en son orbite,
Le choc de son regard en nie la trajectoire.

Et si pourtant surpris par une habile sonde,
Le mouvement se rend — quelle est cette victoire
Qui réduit la matière à n'être plus qu'une onde ?

L'herbe a poussé...

L'herbe a poussé sans mot me dire
L'arbre s'écroule sous le poids
Des ans qu'il n'a pu retenir

Les nuages vivent leur vie
Toujours changeants
Et moi qui suis là et attends

Je crois bien demeurer le même
Au milieu du fleuve du vent
Au beau milieu du gué du temps

Mais je ne suis à chaque instant
Que la copie de mon étant
Un double un décalque un carbone

Sur la machine à écrire le temps
Devenue un clavier tactile
Une machine bien fragile

Où j'écris pour figer le temps

Plongée

Le monde où je fus se défait
Ville d'Ys Atlantide — la mer
Érode érase râpe ronge

Ces témoins abîmés d'une histoire engloutie

Plongeur aux yeux cerclés du masque d'écriture
À de lents mouvements je frôle ces épaves
Déchiffrant en berger sous-marin d'Arcadie

Les runes éraillés sur le granit austère

Comme un poisson volant de l'écume surgi
Parfois je viens franchir la liquide limite
Engoulevent pressé ou cormoran chassant

Ricochet sur le temps et profond finissant

Haute éphémère...

Haute éphémère et frémissante
Manteau jeté sur des épaules
De rochers à mine sévère

Un esquif blanc sur ton dos pâle
À coups de rames caressantes
Remonte vers ta bouche d'algues

Barcasses dont le ventre est blanc
Comme poissons morts à l'envers
Dodelinant à peine viennent

Troubler ton sommeil d'un instant.

Aiacciu

Mer étoilée, mer étiolée
Au fond de la béante baie
Où se repose un peu la houle
Auprès des palmes palmidèdes

Mer en la ville port-import
Façades peintes défraîchies
Toutes ridées dames en deuil
Vaisseaux fumeux béton flottant

Et la montagne cagoulée
De brumes noires usagées
Rochers taillés à coups de serpe
Arbres griffus taillis crochus

Île flottante sur écume
Dessert pour vieillards fatigués
Du continent s'est détachée
Tournant en rond dans l'amertume

Et rêve encore d'empirer

Golem

Sur une imprimante 3D
De moi tirer une copie
Golem de glèbe plastifiée

La mort la nuit le jour la vie
Tic-tac d'horloge ou sablier
Respiration et pulsations

Que la musique se prolonge
En remontant le métronome
Goutte à goutte de la pensée

Je suis encore l'instant n'est plus

La route au loin...

La route au loin n'est plus qu'un point
Où se fondent les parallèles
Combien de pages encore au livre
Avant de lire le mot fin

Finitude dans l'infini
Peut-être suis-je objet quantique
Ici et là ici ou là qui le dira
Électron libre capturé

Le verre bu reste le verre
Mais l'eau qui l'emplissait n'est plus
Le jour passé a disparu
La mémoire est comme son verre

L'Univers est en expansion
Mais mon espace-temps s'étiole
Mon orbite de satellite
S'abaisse un peu à chaque tour

Et ma vitesse s'accélère
Bientôt rentré dans l'atmosphère
Je vais brûler comme un tison
Dans la cheminée des saisons

Fermer la porte...

Fermer la porte à double tour
Tourner les talons et partir
Laisser pousser les souvenirs
Cette herbe folle ce rebours

Satellite autour de la terre
Mon orbite à chaque retour
S'abaisse un peu et sans recours
Et ma vitesse s'accélère

Viendrai-je mordre la poussière
Ou serai-je un monstre marin
Comptés sur les doigts de la main
Mes révolutions me sont chères

Partir est vivre encore un peu
Autrement ailleurs différent
Faire un saut par dessus le temps

Sur le tremplin des jours heureux

Comme marée...

Comme marée quittant le bord
Comme serpent laissant sa peau
Comme le Cid quittant Vivar

Tornava la cabeça y estavalos catando.

Tourne ta proue toujours au vent
Le goulet ferme l'horizon
Dépasse-le — affronte
La vague du temps qui te porte

Fais-toi esquif, fais-toi pirate
Ce que tu es à nul n'égale
Pas de balance pas de mètre
Pour prendre la mesure d'un être

Ce qui est demain ne sera
Ce qui sera ne reviendra
Nietzsche y croyait je n'y crois pas

Im Anfang wird die Tat
Goethe je te révère et détourne
Pas de début à l'Univers
Tout se transforme et se déroule

Boucle ta valise, — et pars !

Le port est le lieu de la terre
où l'on comprend le mieux la mer.
Le passé est le moment du temps
où l'avenir se voit le mieux.
Demain est en creux dans tes yeux
qui verront ce que je ne vois.

La marée sait-elle que la Lune
De son devenir tient la ficelle ?
Elle croit aller où elle veut,
et revenir comme elle veut
Mais le sable n'est plus le même
– et les galets ont rétréci.

Hybride ce moteur...

Hybride ce moteur qu'on appelle la vie
Fait de chair et de sang de sens et de mémoire
Revienne la marée la rive n'est plus même
Et dans les profondeurs la vase s'accumule

Strates de roche comme des bibliothèques
Où seraient déposés les livres d'une histoire
Vieille comme la terre, aux pages de fossiles
Où des poissons songeurs viennent lire parfois

Les vagues époussettent ces rayons chargés
Ces bibelots laissés coques de crustacés
Reviennent les légendes des cités enfouies
Parabole commode aux souvenirs lointains

Mais la vague à l'assaut là-haut éclate et mousse
Jamais lassée jamais vaincue en cette lutte
Qui semble bien sans fin mais qui pourtant sera
Un jour à bout de souffle à bout de forces

Quand le soleil lui-même éteindra sa chandelle

Des chênes abattus...

Des chênes abattus l'oiseau à temps s'envole
Pour un vieillard qui se méfie mieux vaut
Quitter le nid que tomber avec lui.

« Le temps s'en va, le temps s'en va, Madame,
Las, le temps non, mais nous nous en allons... »
Je ne suis pas Ronsard au-delà de ces vers :

Pas question de tombeau, mais plutôt de nouveau
Nouvelle vie, nouvelles gens,
Nouvelle ville où me glisser Babel à explorer

Socrate répondait qu'il n'était pas d'ici
Mais était de partout et je le suis aussi
Comme Gary Davis brûlant son passeport

Je suis de tout pays mais sans religion
Cette chaîne portée des esclaves modernes
Voile, croix en sautoir, et front dans la poussière

Je suis de tout pays où la raison habite
Je suis un hérétique et pas un fanatique
Je suis de tout pays mais j'aime Les Lumières

Je les porte avec moi — même en ces temps obscurs.

Ma maison morte

Ma maison morte — et moi je vis
Encore et j'imagine et je voyage
Dans l'espace à défaut
Du temps qui fait défaut

Ici tout est soudain immobile figé
On dirait que les arbres ne respirent plus
Après avoir jeté comme leur dernier râle
Furieux écorchés griffés par un vent fou

Tout est vieux et usé les carreaux le pavé
Le banc est renversé et les branches tombées
L'herbe a mauvaise mine et semble maladive
Le pin penché ressemble à vieillard trop jeune

À retrouver ses pas on perd ce qu'on a fui
À s'en aller on croit revenir au pays
Pays de nulle part ville de mer en terre
Aux bateaux échoués des tonneaux éventrés

Ville qui fut n'est pas et moi exilé là ?

Immobile équilibre...

Immobile équilibre ténu suspendu
l'instant entre deux temps
Balancier hésitant de l'horloge qui sait
Quand son poids touchant terre la fera se taire

Attente cette porte entr'ouverte battant
Au gré du vent vers le front bas de ce toro
Grattant le sable aride fumant de l'arène
Et l'épée de mes mots dardée droit à son front

Pour le faire plier et dévier le coup :
De lui ou bien de moi qui accrochera-t-on
Derrière les chevaux par les pieds ou les cornes

Dans la clameur solaire qui soudain se tait

S'amenuir...

S'amenuir étrécir ralentir
C'est la loi de mon devenir
C'est le refrain de l'incertain
Qui aujourd'hui conduit ma main

Univers qui sur lui s'effondre
Étoile en bout de course éteinte
artifice par quoi répondre
Au lent déclin par mille feintes

Terre épuisée qui blé ne porte
D'avoir été trop labourée
Rameau sur un tronc sec enté
Aucun fruit n'a d'aucune sorte

Ces corpuscules voyageurs
Qui les idées le long des nerfs
Autrefois portaient sans erreur
Maintenant hésitent et se terrent

Sous mes doigts les touches fidèles
Se livrent à des facéties
Maintenant trichent se rebellent

Et par elles je suis trahi !

Caillou lancé...

Caillou lancé sur l'eau du temps
En ricochets glisse et ne sombre
Aussi loin que porte le bras

Images d'arbres et de terre
Souvenirs congelés inertes
Dalles de pierre cimetière

Souvenez-vous je me souviens
Mais c'est si loin déjà si loin
Photo usée de disparue

Je me retourne elle n'est plus

Change trois-mâts...

Change trois-mâts percé contre coque de noix
Change horizon lointain contre Pont d'Aquitaine
Change les culs-terreux contre passants pressés

Et toi ? Changeras-tu encore en ta peau dure
Tes douleurs de vieillard vont-elle rétrécir
Elles aussi comme font tes désirs racornis

Ce song of myself est tout ce qui me reste
Mais toi Whitman old chap, tu n'avais que trente ans
Et quelques — et moi je ne suis plus

Vraiment en perfect health !

Leaves of grass je laisse et piétine bitume
Il me plaît d'arpenter les rues et de me prélasser
Buvant verre et séant dessus la moleskine

Change — ce que je fis ne referai encore
Change avant que le temps en toi-même se fige
Change pour exister Change pour demeurer

Petits géants...

Petits géants ces gratte-ciel
Ont de très grêles bras de grues
Dans le soleil leurs yeux brillants
Ont des facettes comme mouches

Et les autos là-bas s'obstinent

A vouloir aller quelque part
Comme ces gens errants et noirs
Qui se croisent sur les trottoirs

Feux qui s'allument sosies d'étoiles
Sur un ciel que l'ombre barbouille
Une antenne montre le ciel du doigt
C'est le doigt que touristes voient

Grisaille...

Grisaille de mes jours au petit matin froid
Où soudain je m'étonne — moi — de vivre encore
Quand tant d'autres ont fui cet incertain combat

Merveille de ce jour recommencé nouveau
Laissant ma vieille peau à terre comme un serpent
Qui ne tend pas sa pomme mais la croque vite

Comme la neige prend la place de la pluie
Et magnifie la goutte en fleur éparpillée
Autre je veux revivre en ma muette mue

Un jour de plus...

Un jour de plus — un jour de moins
La comtoise bat la mesure
Et l'orchestre du temps qui s'y joue
Minimaliste à son tempo se plie

Ailleurs qu'en la durée la musique n'est pas
C'est moi qui autrefois avait écrit cela
Et j'étais jeune encore et révolutionnaire
Maintenant plus chenu mais toujours à l'affût

En mes sourdes oreilles musique intérieure

Car le silence est plein de bruits et d'harmonies
Ceux des mots que j'écris dont je connais le son
Comme un aveugle-né voit au son de la voix
Et quand je lis j'entends — quand j'écris je transcris

Ils font cette musique étrange et pénétrante
À Verlaine empruntée, et sont si familiers,
Je peux les emporter avec moi n'importe où
Dans ma besace et les montrer

Comme on faisait des chiens des singes et des ours
Avant que les humains ne leurs volent leurs cages
Et pour leur liberté préfèrent s'enchaîner

Au grilles des prisons de l'imbécillité.

Creux de la vague...

Creux de la vague entre deux jours
Sonne pendule ce cyclope
Le monde change on ne le voit
Le monde change comme moi

Je rétrécis recroqueville
À petits pas à moindres frais
La vie low cost est l'avenir
Pour moi je suis en solde et fripes

Je rapetisse et je me hausse
Sur l'échafaudage des mots
Pour ma Babel abandonnée
À la glossolalie des choses

La lanterne magique de mes souvenirs
Est un peu désuète au siècle du mobile
Et pourtant je regarde à travers la 3D

Vers l'avant à venir cette réalité
Que l'on dit virtuelle et pourtant sans vertu
Je suis dedans déjà j'y avance à tâtons

Je cherche où est le masque et le masque c'est moi

TABLE

Table des matières

La mise en page de ce livre
a été réalisée sur Macintosh avec LaTeX

1ère édition

Dernière révision du texte le 26 février 2019

ISBN : 978-2-918067-58-0

www.ingramcontent.com/pod-product-compliance
Lightning Source LLC
Chambersburg PA
CBHW072027170626
46811CB00008B/2978